Mosaicos

del Fuego

1

Federico Rodríguez

Mosaicos del Fuego

LA COMPILACIÓN DE RELATOS QUE CONSTITUYEN LA SAGA DE LA NACIÓN AMERICANA.

LAS EPÍSTOLAS DEL FUEGO EPISODIO II

"Mosaicos del Fuego" contiene tres (3) capítulos pertenecientes al libro "El Evangelio de Canaán", publicado con anterioridad.

AUTOR: FEDERICO RODRIGUEZ.

COPYRIGHT © 2021 FEDERICO M. RODRÍGUEZ

ALL RIGHTS RESERVED.

ISBN 978-0-578-94264-3 . PAPERBACK EDITION.

Federico Rodríguez

Mosaico del Fuego

Federico Rodríguez

Dedicaciones

Para Ma, Sol, Martu y Javi.

Para el Heavy y Vicki.

Para Martica y Mary "La Gallega".

Y para quienes volaron buscando un Norte.

To Mr. Hitchens, Ms. Ali, and those who burned the fire.

To America, Land of the Free, Home of the Brave.

Agradecimientos

Ilustración de Portada/Contraportada: Leandro Blanco.

Ilustraciones Interiores: 'Heavy' Santana.

Federico Rodríguez

Mosaico del Fuego

"Flagror non consumor."

motto francés

"Maldito sea Canaán.

Llegue a ser él el esclavo más bajo entre sus hermanos.

Bendito sea Jehová, el dios de Sem,

Y llegue a ser Canaán esclavo para él.

Conceda dios amplio espacio a Jafet,

Y resida él en las tierras de Sem.

Llegue a ser Canaán esclavo para él también."

Génesis 9:25-27

"I know nothing in the world that has as much power as a word. Sometimes I write one, and I look at it,

until it begins to shine."

Emily Dickinson.

"En [el] principio la palabra era, y la palabra estaba con Dios, y la palabra era un Dios."

Evangelio según Juan 1:1

"Por los fragmentos conocerás Su historia."

9

Federico Rodríguez

Advertencia de Contenido

Este libro está dirigido a audiencias adultas **<u>únicamente</u>** y contiene escenas gráficas de:

- Violencia Sexual

Se aconseja discreción durante su lectura. Muchas gracias.

"Mosaicos del Fuego" contiene tres (3) capítulos pertenecientes al libro "El Evangelio de Canaán", publicado con anterioridad.

Federico Rodríguez

TABLA DE CONTENIDOS

Mosaico del Fuego

Federico Rodríguez

La Prehistoria

Federico Rodríguez

TESTIMONIOS EN LA PIEDRA

La Carta

Fecha: julio 15, 1977.

De: Dr. Djimon Hailu.

A: (Redactado por motivos legales)

Sujeto: Urgente.

Tal y como acordamos con su representante, Eminencia, me consignaré a informarle del progreso realizado durante las excavaciones en la cordillera del Karakórum. Dado la veterana amistad que nos une, soy consciente que usted no presta atención a los avances en mi campo profesional, pero imagino que los titulares de los matutinos habrán estimulado su curiosidad.

El revuelo en los periódicos no es infundado; algunos de nuestros hallazgos son, sencillamente, asombrosos en términos antropológicos. Papiros en sublime estado de presentación, restos óseos indemnes y vasijas con gravados sin cuarteaduras, todo inmunizado en el interior de profundas cavernas, blindado de los improperios al cual el tiempo nos somete con cruel frecuencia.

Sin embargo, lo que los reporteros ignoran y el motivo por el cual le escribo en absoluta confidencialidad, es que he guardo una de esas piezas en el anonimato, no solo de las cabeceras informativas, sino también de los listados y nuestra bóveda de seguridad. Espero, mi estimado amigo, que me conceda el beneficio de la duda antes de pronunciar juicio sobre mis acciones, a las cuales estoy convencido se suscribirá, una vez que conozca mis motivos.

Aunque sea innecesario, dada la prolongada amistad que nos une, le recuerdo que mis logros académicos no son solo reconocidos, sino en ocasiones venerados por mis colegas. Tanto así lo son mis aportes a la comunidad científica en general. Sepa disculpar mi falta de modestia, pero es imperante que evitemos las sospechas de impericia en la conversación venidera. Mi historial profesional habla por sí solo. Es asimismo cierto que eso no demostrará la veracidad de lo que le contaré, pero lo distanciará de las conspiraciones cuyas dudosas premisas el público hoy en día parece feliz de aceptar. Las conclusiones a las que he llegado no me contentan, pero es la dirección que la evidencia me exige seguir.

Comencé a examinar la tabla de roca apenas uno de los asistentes la trasladó hasta mi tienda, luego de extraerla de una de las cavernas en la frontera pakistaní. Dado mi cargo, fui el primero en estudiar aquel inesperado descubrimiento. La coloqué sobre una de las mesas y acerqué la lámpara hasta el grabado.

"Un antecesor bíblico", vaticiné correctamente al reconocer ciertos elementos del folklore judío. Pero la historia sobre la piedra, tallada en caligrafía cuneiforme, superaba por milenios al texto arameo más antiguo.

Luego de una fugaz lectura, comprendí que tenía en mi poder la versión original de la tragedia de Caín y Abel, popularizada posteriormente en la carta del Génesis. Pero el nivel de realismo en el documento volvía inaceptable su propuesta antigüedad. De inmediato caí en cuenta del problema. Estaba en presencia de un material incongruente con la época de la que aparentaba provenir.

Junto a la introspección apareció un disparatado nerviosismo. El nivel técnico de las descripciones en el relato lo volvían casi… creíble. Por muy absurdo que fuese, no puede negar el carácter testimonial que mi razón espontáneamente le estaba adjudicando. Estaba impedido de clasificar la historia en el casillero de la alegoría y continuar mi análisis. Luego de reiterados intentos y reinicios, abandoné la lectura. Recuerdo aquella noche como intranquila, sacudido por intermitentes pesadillas.

Al día siguiente abordé el caso desde un ángulo diferente. Como científico me sentí obligado a cuestionar su autenticidad. Tomé el primer vuelo que encontré disponible y una vez en Islamabad separé el material y lo referí a diversos especialistas, todos ellos encargados de analizarlo bajo diferentes perspectivas y procedimientos. Aísle por grupo las oraciones de cuya traducción desconfiaba, descontextualizándolas para evitar preguntas incomodas sobre su procedencia. Al mismo tiempo, simulé una visita casual al Instituto Nacional de Arqueología, donde todavía sirve un antiguo compañero de universidad, sin cuya ayuda me hubiese sido imposible realizar la datación de la piedra en secreto.

Una vez la ciencia corroboró su legitimidad, es que decidí escribirle, Su Santidad. Necesito reunirme con usted en breve.

Espero su pronta respuesta.

Djimon Hailu, julio 15 de 1977.

El Diálogo

"Durante largo tiempo permanecí como usted, escéptico. Me costó entender la magnitud del hallazgo, en apariencia una simple roca polvorienta. Entorné la vista un par de veces, tratando de apartar el estupor inicial ante lo increíble del documento, que permanece a salvo junto a mis más preciadas pertenencias.

Si, gracias, me apetece un poco de anís. Gracias.

Un observador poco atento lo confundiría con una ficción o con una alegoría. Pero créame cuando le digo que, si usted tuviera el original en sus manos, al igual que yo, entendería. Estas cosas solo la entienden los creyentes. Solo un fiel a la Palabra comprende su verdadera magnificencia.

No, gracias. Bueno, tal vez una copa más... por los nervios, sabrá usted entender...

Seré claro y, sobre todo, respetuoso de su tiempo y sus compromisos. Sé que tiene tantos... cuando participaba en el seminario entendí cuántas obligaciones tiene un cura. ¡Qué años aquellos! Pero al final mis padres lo malograron todo...

Dispénseme. Desvaríos de un viejo que hace usted bien en interrumpir. Me abocaré a lo importante: la historia narrada en la tabla. Debo mencionar cuan grato es contar con toda su atención y de hecho eso mejorará mi explicación sobre un tema en extremo complejo, plagado de distintos significados y posibles interpretaciones.

No, gracias. Ya he bebido más de lo debido. Oh, no, no, claro. Muy bien, uno más, pero solo porque usted insiste y he de tener que desperezar la lengua.

Le contaré, pues, el testimonio que leí gravado sobre la piedra:

Imagine un tiempo sin noche. Un lugar donde un sol infatigable permanece perpetuo, suspendido en su trono sin mitigar. Imagine dicha época, cuando la luz temprana del amanecer quema los campos y fatiga a las bestias, abonando el suelo con grietas y aridez. El tiempo es un eco que se esparce lejano sobre la bóveda azul del día. No hay noche en este lugar recién nacido, o si la hay solo destaca de ella su fugacidad. La perseverancia de lo diurno es su constante más inquebrantable.

Es un mundo joven, reformándose del previo reinado de animales gigantescos y voraces. El hombre acaba de bajar de los árboles y es tan escaso e inusual que no ha necesitado inventar los números para contabilizar su cantidad.

Allí comienza la historia.

Uno de los pocos habitantes de aquellas planicies sofocantes se encuentra arrodillado a la margen de la entrada de una cueva caliza. Con sus manos primitivas y rugosas, cubiertas de pelaje, muele unas semillas sobre un trozo de madera, usando como herramientas una lasca filosa y sus nudillos desguarnecidos. Emitiendo ásperos sonidos, sus congéneres lo convocan a la ceremonia bajo el nombre de Caín.

Cuesta bajo por la meseta en donde se encuentra la caverna, unos seres primitivos juntan lo recolectado y cazado y se acomodan en círculo, sentados bajo la protección de un risco enorme que les brinda su lobreguez. En el centro de la rueda, un hombre fornido arroja al suelo una cabra con el cuello partido. La tierra seca coaguló la sangre vertida por las heridas del animal, mientras el cuerpo era arrastrado por el altozano. Mediante gritos eufóricos, magullándose el pecho a golpes, proclama que su nombre es Abel.

Siendo puntillosos, la descripción que se hace del animal no es precisa. Suponemos que era una cabra arcaica, cuya fisonomía mutó un poco con el correr de los siglos, al igual que lo hizo la del lobo, por ejemplo.

Pero, por el contrario, el retrato de los sujetos es preciso y revela una verdad largamente sospechada en nuestra Fe: Dios nos creó hombres, a su imagen y semejanza, pero de todas formas evolucionamos. ¡Esto prueba la existencia del cambio fisiológico progresivo en los seres humanos! Me atrevo a afirmar que ambos hermanos correspondían al género del Homo ergaster, extinto millones de años atrás.

Ahora si debo negarme, Su Santísima. ¿Quiere usted acaso que me retire tambaleante de su despacho? Oh no, me malinterpreta, mi amigo. Por supuesto que no lo desprecio. Muy bien, no, no lo dejaré beber solo. Dispense mi falta de educación. Continúo.

Con una actitud altanera, a modo de felino desafiante, Abel camina en el interior del círculo enfrentando a cada uno a sus integrantes, en cuyos rostros embrutecidos se trasluce la admiración y la envidia. Va y vuelve describiendo circunferencias cada vez más incompletas, animado por la bulla que ha provocado entre sus pares.

Una sombra entra en el cerco y Abel gira para ver como Caín observa estupefacto el cadáver yaciendo en el suelo. Hay una expresión seca en él, indecisa pero pesarosa, como si los músculos de su cara no supiesen todavía que gestos expresan cabalmente el desapruebo.

Abel nota el disgusto de Caín, quien no aparta la vista de la futura ofrenda, y dicha actitud lo enfurece. Pero, a diferencia de su hermano, él si sabe expresar lo que siente.

Caín rompe contra el piso, sacudido por la envestida de su familiar. En vista de lo que ocurrió después, puede suponerse que no fue herido de seriedad a pesar de la superioridad física de Abel.

De improvisto todo calló. Un silencio expectante cubrió aquella tierra infinita de sol, y de igual modo hombres y animales retuvieron el aliento. La propia naturaleza refrenó todo impulso de vida, y ni siquiera el tiempo se animó a seguir andando.

Una llama surgió del centro del círculo de prehistóricos individuos, los cuales retrocedieron unos pasos. La flama permanecía en constante combustión, alimentada por su propia voluntad, naciendo de una pequeña hendidura en el espacio, tan diminuta que no podía precisarse que había del otro lado. Caín y Abel, los únicos que permanecieron en sus lugares ante la aparición, se acercaron a cumplir la reverencia habitual.

Le ruego que disculpe mi sensibilidad, Su Santidad, pero el solo hecho de pensar en que hubo un tiempo en el que Él se manifestaba de dicha forma ante los hombres, puede sacar de este viejo más de una lágrima de emoción.

Quizás la bebida este empezando a ser efecto en mí, ¿no le parece? No, claro, tonterías… por supuesto, aquí tiene mi vaso. Continuo.

Como ya habrá deducido, mi amigo, el Creador estaba en la tierra.

La flama —según consta en la tabla- poseía una altura no superior al metro y medio. El cuadro que nos describe es claro: Caín y Abel se arrodillaron ante Dios junto con sus ofrendas, las cuales se colocaron en el centro de la ronda con el fin elemental de que el creador las distinga, puestas ambas a su juicio en distintos lados de una imaginaria balanza.

Lo que sigue es extraído del monólogo interno que manifiesta el propio redactor, e intentaré citarlo del modo más exacto:

"Y Él nuestro Creador YHWH, que es Rey y Señor, miró con complacencia cada una de las ofrendas: primero el animal muerto, yaciendo ya desde largo atrás; luego el don pastoril de silvestres que Caín había recogido a lo largo del caluroso día, y con ambos quedó complacido. Y, de entre ambos, tomó su decisión.

La bestia limpia y su grasa eran de Su satisfacción para la ofrenda, mientras que las frutas y las raíces son [escasas y difíciles de cultivar], aunque no fueron gozo del Señor, que lo sabe todo y así lo juzga.

Fue entonces que Caín montó en cólera, y ahí mismo elevó queja ante su Señor, temiendo que la carne fuera necesaria para la subsistencia de la tribu, y no buena para el sacrificio.

"He de devolver yo lo que se me ha dado en obsequio? —Dijo el creador ofuscado- acaso les pido la tierra que cultivan, el aire que respiran?"

"Recordar deberías que por esos dotes nada te has endeudado." — Sentenció la voz que manaba de la flama."

No se impaciente, Su Santidad, pues yo mismo sé que, aunque con obvias diferencias y salvando algunos pormenores, hasta esta instancia ambas versiones de esta historia son muy similares. No es el motivo por lo que me reúno con Ud. en su despacho tan entrada la noche, ni mucho menos lo convocaría con tanto secreto a dicha reunión. Como le dije en mi carta, nadie debe saber sobre esto hasta que podamos lidiar con ello, no obstante deberá, eventualmente, volverse público. Le vuelvo a recordar que dicho documento es verdadero bajo la luz de cualquier prueba moderna conocida, y que traducciones posteriores deberán agregarse a las ediciones regulares de la Biblia, como un parcial remplazo a la carta del Génesis. Permítame abreviar:

En un lenguaje rubrico de señas y monosílabos, Caín discutió con Dios sobre la necesidad de la carne como sustento, e insistió en la dificultad que acarreaba obtenerla. Pero Abel, que permanecía como mudo testigo del encuentro, no era paciente como lo suelen ser los agricultores, como lo era su hermano. E interpretó el reclamo como un ataque hacia su ofrenda.

Debió imaginar que doblegaría los argumentos de Caín como lo había hecho con la vida de su obsequio y arremetió contra él por segunda vez, con similar efectividad. No lo aventajaba demasiado en términos de superioridad física, pero la experiencia adquirida en la caza le adjudicaba a su violencia el temple y la precisión de la mejor arma.

Su primer disparo impacto en la quijada de Caín, poniendo fin al discurso hereje. Luego le martilló el rostro con ambos puños, hasta que lo derrumbó de espalda junto a las ofrendas, cegándolo con la sangre que brotaba de los añicos de su nariz. La turba alrededor estalló en clamores, y Abel respondió alzando los brazos y mostrándose con gesto triunfal.

Fue entonces cuando comprendió que su fortaleza le adjudicaba un rango nuevo que lo distinguía de los demás. Su poder en la tribu no provenía de su valor, como había demostrado Caín al cuestionar al Padre. Tampoco de su habilidad como proveedor, puesto que había otros con similar talento. Era su fuerza quien dirimía diferencia y lo identificaba como único entre pares. Vio con claridad que, de ahí en adelante, cuanto más bestial se mostrase, mejor respuesta obtendría.

Caín, todavía tendido, miró a su alrededor y aferró uno de los cuernos quebrados de la cabra. Lo desprendió con un fuerte jalón y saltando por detrás de su hermano, se lo enterró con furia por la espalda.

Los vítores cesaron y reinó un silencio sepulcral, sin que nadie atinara a mover un músculo. Abel sintió como la sangre llenaba sus pulmones con una fluidez endiablada. Cayó de rodillas, mientras el dolor en su rostro borraba los vestigios de la gloria obtenida. Lucía estúpido, con los ojos desmesurados por la sorpresa y una mueca desencajada en los labios, el cadáver de una sonrisa que se resistía a desaparecer. Sin más, se estrelló contra el suelo y murió.

Escúcheme ahora con mucha atención, y decida si vale la pena nuestro concilio clandestino:

"Y viendo el acto de muerte de Caín sobre su hermano, el Señor del cielo mostró regocijo. Y así decretó: "Sangre me has negado, pero sangre me has brindado. Que se sepa que quienes matan en Su nombre, *llevarán Su marca* sin culpa y Su favor en este mundo y en el venidero.

Pues fue de tal forma que YHWH dio nueva vida a la criatura tendida y esta se aferró a la espalda de Caín, que se vería obligado a cargarla por el resto de sus días, unidos piel con piel, sangre con sangre, premiado por su servicio como asesino de hombres."

Permítame que lo repita, por si no ha captado la importancia de las estrofas:

"Y viendo el acto de muerte de Caín sobre su hermano, el Señor del cielo mostró regocijo."; "Que se sepa que quienes matan en Su nombre, llevarán Su marca sin culpa y Su favor en este mundo y en el venidero."

Veo que enmudece, Su Ilustrísima. Ha entendido, entonces. ¡En estas sentencias se avala toda la violencia producida por fanáticos a lo largo de la historia, siempre en nombre de la Fe! Ya no es necesario encontrar análisis radicales, o mesiánicos profetas que interpreten a gusto los textos santos, a fin de incitar gente en favor de sus causas sanguinarias. ¡Está ahí, en el testimonio original!

La epístola continúa con una breve explicación del porque nuestro Señor fomenta los homicidios en su nombre, como las considera un ensalzamiento a Su Presencia y una muestra de amor.

¡¿Entiende a que me refiero, entiende acaso?!

Sepa… sepa disculpar. La excitación y el alcohol no son buenas juntas… pero, Su Ilustrísima, solo quisiera que entendiese la responsabilidad que nos correspondiese cargar y cuanto daño le haremos a la institución, en nuestra búsqueda de la verdad… no, déjeme terminar… no es fácil para mí. He servido a la iglesia desde la juventud.

Pero ahora… ya no podré, ¡no podré! ¿Cómo puedo continuar difundiendo el evangelio de amor que he predicado toda mi vida, si mi fuente de enseñanza instruye, a su vez, la peor forma de odio que ha existido?

¿Qué opciones tengo? Si descreo, si elijo no tomar en cuenta y olvidar lo que he encontrado… sería peor. Como una traición, pero doble. Debería olvidar también el resto de la Biblia, puesto que no hay duda de que esta historia pertenece a ella. ¿Cómo hago eso? ¿Luego de tantos años dedicados a su estudio? No puedo… no puedo…"

Epílogo

Extracto del epílogo perteneciente al manuscrito "Sentencia sobre la piedra", del Dr. Djimon Hailu. Páginas 220-221.

Recibido anónimamente por la sede de la editorial Grupo Alexandria S.A., en marzo de 1986.

"Mi interlocutor permaneció en su sitio durante un largo rato, en apariencia mirándome directo a los ojos. Pero los suyos estaban ausentes y parpadeaban con frecuencia, como si quisiera despertar de un mal sueño. Al fin me agradeció por compartir esa información con él y tuvo la cortesía de preguntarme si sería capaz de alcanzar la salida solo. Deseé agregar algo más, pero su reacción me dejó impávido. Atiné a disculparme por segunda vez, pero Su Santidad levantó una mano en señal de reparo y me suplicó que evitásemos el tema. Me sugirió tomase un taxi de regreso al hotel, a lo que cortésmente me negué. Después de eso me deseó las buenas noches y salió del despacho.

He intentado contactarlo en repetidas oportunidades desde aquella reunión, lo que hasta el presente me ha resultado imposible. Por allegados en común sé que ya no oficia las misas como antaño, y que pasa la mayoría de su tiempo recluido en su oficina.

Temo que no haya remedio para el error que he cometido. Para bien o mal, ambos deberemos aprender a vivir con lo descubierto en el testamento prehistórico.

Nota de diciembre 29, 1977:

Hace algo más de una semana, mientras conducía mi automóvil por una calle cuyo nombre no alcanzo a recordar, me encontré de improviso con Su Santidad en el momento en que cruzaba la calle por la senda peatonal. Nos miramos sorprendidos, imagino que ambos inseguros sobre cómo reaccionar. La luz del semáforo cambio a verde, pero ni reparé en ello, indeciso acerca de si debía aparcar o seguir conduciendo.

Lo noté viejo, mucho más de lo que en realidad era. Estaba vestido con unas prendas sencillas y descoloridas, ninguna de ellas sacerdotal. Había adelgazado dramáticamente. Me costó reconocerlo. Ya nada quedaba de ese hombre con porte refinado y mirada sagaz con el que solía compartir largas disertaciones sobre los más múltiples tópicos.

Permanecimos tiesos hasta que resonó el primer claxon. Volteé a echar un vistazo a la fila de autos esperando que me moviese, y cuando volví la cabeza hacia el frente mi amigo había desaparecido.

La razón de este añadido es que, junto a mí, tengo abierto el periódico de hoy. Errando entre sus páginas, acabo de reparar en una foto de la iglesia donde servía, cuya área de oficinas, detrás de la abadía, ardió hasta los cimientos. Los peritos policiales afirman que el incendio fue intencionado, a juzgar por los envases de gasolina vacíos regados por el sitio. Un solo cuerpo calcinado pudo retirarse del lugar, y al cierre de la edición médicos forenses se hallaban realizando peritajes para descubrir la identidad del occiso. Algunos detalles parecerían indicar que el individuo eligió este medio para quitarse la vida.

Yo, por mi parte, no sé qué pensar. ¿Es él? ¿Fue suicidio? ¿Fue acaso el acto de un hombre inmerso en una profunda depresión, en una insuperable crisis de fe? ¿Alguien sin motivación para seguir viviendo o esperanza para continuar?

Al atestiguar su reacción aquella noche, decidí ser precavido y he guardado silencio desde entonces, prefiriendo volver público mi hallazgo mediante otros medios. Pero no consigo, por mucho que intento, desprenderme de la sensación de absurdo. A mi parecer, Su Santidad jamás elegiría quitarse la vida de una forma tan grotesca.

¿Habrá compartido la historia con alguien? ¿Alguien, quizás, menos propenso a compartir la verdad y sacudir el statu quo? ¿Habrá mencionado mi nombre en voz alta? ¿Debería temer por mi vida?"

Nota del Editor: El manuscrito carece de referencias y fuentes fidedignas. El equipo legal duda de su verificabilidad. El autor no pudo ser localizado.

Rechazado para publicación.

EL EVANGELIO DE CANAÁN1

Carta Tercera

Julio 30, 1983

Nació bajo la guía de una constelación insignificante, una como tantas otras. Por ese entonces nadie se detenía a observar el cielo que lo había recibido, o mucho menos suponer un mandato en la disposición de las estrellas. Pero no por ello es menos cierto que nació a la diestra de ese cielo nocturno, y que este lo acompañaría en todos los días de su vida que mereciesen contarse, como este, el de su concepción

La historia cuenta que Ham, el menor de los hijos de Noé, 'conoció' a la hija de su hermano Sem durante una tarde de vigorosa lluviosa, cuando la tribu había quedado varada en el lado opuesto del valle de Vid, donde por lo regular habitaban. La tormenta los sorprendió terminando las

[1] Nota del Editor: La autoría del texto y la traducción del original en cuneiforme, aunque en disputa, se cree pertenecen al Dr. Eugenio Copperplate. El autor original nunca añadió su nombre al documento.

tareas de recolección, y para evitar perder lo obtenido debieron guarecerse y esperar a que acampe.

Ham había emprendido el retorno antes que los demás gracias a la captura temprana de una liebre. Llevaba la mitad del camino recorrido cuando por fuerza debió refugiarse en la gruta donde vivía la familia de Sem.

Allí fue cuando la vio, amontonando frutos en un rincón de la caverna. Su nombre era Irg, y era la mayor de las seis hermanas. Todas ellas ostentaban una belleza formidable, pero en su caso dicho atributo se acentuaba más por su característica delicadeza. Era pequeña y delgada, cosa poco habitual en su género, de mirada infantil y voz armoniosa. Al igual que su madre y sus hermanas, su cuerpo estaba cubierto por un fino vello negro que como la crin de un caballo le caía copioso resaltando las formas de su anatomía. Pero a diferencia de ellas, debajo de este su piel exhibía un obscuro color chocolate. Este realce la volvía en extremo llamativa para los machos de la manada, quienes solo la respetaban por temor a su padre.

Cuando presintió que era observada, la muchacha giró en redondo y descubrió a su tío apostado en cuclillas en el marco de entrada. La observaba con ojos pesados, apenas abiertos, que parecían escudriñar tanto la obscuridad como a ella. En una de sus manos aprisionaba las orejas de una liebre que pugnaba por liberarse, pero que no conseguía aflojar la presa de su captor.

Irg quedó desorientada ante la presencia del intruso. El territorio era algo que los miembros de los diferentes clanes resguardaban con recelo. Lo observaba estupefacta; él le respondía con un parpadeo intermitente, como si su rudimentario cerebro se hallase debatiendo un dilema sabroso. Sin que ninguno de los dos lo supiese, había nacido en el ambiente una suerte de destino furtivo, que parecía querer evitar a sus actores cuanto fuese posible.

Entonces la jovencita profirió un grito que era súplica y reclamo de auxilio, un segundo antes de que la liebre cayese al suelo y corriera fuera de la cueva.

Luego del alumbramiento, sus padres fueron obligados a convivir bajo un mismo techo conforme dictaba la Ley del Creador. La normativa no consentía excepción, y la pequeña Irg no tuvo más remedio que mudarse con su violador, quien se vio forzado a aceptarla como mujer luego de

41

que una memorable paliza por parte de su padre lo convenciera de tomar tal responsabilidad.

Noé era, desde la debacle de Babel, quien hacia cumplir las reglamentaciones que el Padre en persona les había estipulado, convirtiéndose así en el segundo dictador de leyes entre las tribus de la Baja Mesopotamia. El Señor lo había ungido con tal autoridad para decidir en asuntos morales, y era el vocero de la raza en argumentos entre especies. YHWH había decidido erguir un guía acorde a su sentir en esta ocasión, evitando interferir con el libre albedrío del linaje, pero previendo impedir la aparición de nuevos líderes independentistas tales como Nemrod o Adán.

Noé era un Ergaster de rostro rugoso y parpados vencidos, completamente ciego de un ojo a causa de una vieja trifulca. La inclinación hacia delante que sufría su cara le daba a su cráneo una apariencia aviaria. Estaba dotado de un cuerpo ligero y fibroso, el cual lucia echando sus hombros hacia atrás al apoyar los puños en el suelo. Compartía con sus hijos el característico pelaje blanco y los ojos violetas, excepto el herido que era blanco por completo.

El episodio fue su vergüenza desde el comienzo. Que fuese su hijo el causante de tal infamia dentro del clan emergía como un descrédito a los ojos de su Dios y debía corregirse de inmediato. Debían vivir juntos sin importar más, dentro de la vigencia de la ley. Eso solucionaría el problema... de no intervenir el azar.

La noche en que la joven dio a luz en presencia de su familia y Noé, un horror nació con el niño. Sin motivo aparente, la criatura manifestaba una espantosa deformidad que se evidenció apenas emergido del útero materno, y que causó conmoción y pánico entre los presentes. Salvo Noé, que permaneció en su sitio sin dar crédito al espantoso acontecimiento que tomaba lugar, los demás recularon y se alejaron del recién nacido como si tal anormalidad fuese contagiosa.

El vástago heredaba el color de la piel y el cabello de su madre, oscuro y aceitoso. Sin embargo, el drástico antagonismo en la pigmentación con respecto a su padre exageraba la condición en el discernimiento de los asustados testigos, quienes creían presenciar el nacimiento de una sombra bastarda hecha de carne y llanto.

43

Pero el drama comenzaba a la altura de su cintura: El crío tenía unas piernillas delgadas como ramillas, tan endebles que parecían poder quebrarse entre dos dedos. Y en la parte posterior, desde donde terminaban sus muslos, nacía un segundo juego de piernas idénticas a las anteriores, igual de mal formes y media pulgada más cortas. Ambos juegos se movían sincronizados uno con otro, y cuando la pierna delantera daba una patada al frente, la trasera duplicaba el movimiento.

Hombre de tiempos crudos, Noé avanzó raudo hacia la madre, quien no parecía entender las razones del alboroto y acunaba a la criatura sobre su pecho, esperando que el gesto les indicase a los presentes que se hallaba a buen resguardo. Debió propinarle un certero golpe con el canto de la mano antes de arrebatarle la criatura, para luego poner el pie sobre su pecho, imposibilitándole en su débil estado cualquier tentativa de incorporarse.

Alzó a Canaán por las piernas y lo sostuvo boca abajo mirándolo con estupefacción. Primero lo alejó con desagrado, pero cuando la criatura detuvo su llanto y lo observó con similar curiosidad, ambos comenzaron a fisgonearse con más confianza. Noé lo estudiaba como quien tiene una extraña sentencia delante de si, buscando a tientas en la propia ignorancia el significado de tal manifestación. Se preguntaba que propósito podía tener semejante criatura, que utilidad podría darle el misericordioso YHWH a tal abominación.

Retiró de su frente la vincha de la que pendía el hueso con forma de daga que el mismo había tallado. La sostuvo contra el cuello del infante, el que permanecía en silencio sin inquietarse. Los testigos guardaron silencio y nadie salvo Irg dio muestras de desacuerdo; sabido era cuan escasas posibilidades de supervivencia tenía un minusválido en el principio del mundo. Para ellos era claro que las piernas atrofiadas le impedirían cazar, trepar o, como era frecuente, escapar de predadores al acecho.

No era malevolencia sino piedad lo que estimulaba tal decisión. Nadie en la actualidad puede imaginarse, gracias al desarrollo de la civilización, el desamparo que acompañaba a dichas criaturas, en épocas cuando la noche era la amenaza definitiva. Donde la obscuridad albergaba monstruos tan sanguinarios como usuales, y cada atrocidad que la inventiva pidiese conjurar tenía un correspondiente en el entorno.

Al caer el sol, su deleznable condición les recordaba que habían caído de la gracia de YHWH; sus ojos no funcionarían sin luz y su olfato solo registraba lo vecino e inmediato. Carecían de garras o cuernos para defenderse y sus extremidades nunca volarían ni correrían como las de otras especies. Pagaban las culpas de un ancestro de nombre Adán, el hijo de Dios, cuyo acto de rebelión le costó el favor del Padre. Pagaban por los pecados del hijo.

En esas condiciones un lisiado era una víctima segura, un condenado al sufrimiento y, para rematar, una carga para su familia. Noé presionó con mayor ahínco el filo. Pero antes de realizar el corte recordó la Ley. "No matarás", rezaba el fallo. Aunque no conocía la dimensión del lenguaje, las palabras del Padre lograban hacerse entender.

La ley lo obligaba a absolver a la criatura. Tan solo le restaba confiar en la sabiduría de YHWH. De no hacerlo y matar al crío, el castigo sería por demás ejemplar tratándose de él. Estaba seguro de que YHWH no permitiría más hijos descarriados, no después de Babel. Sin reparo lo arrojó sobre el cuerpo de la madre y salió de la caverna.

Irg acobijó al niño nuevamente y miró con recelo a su alrededor, intentando discernir algo a través de sus ojos anegados de lágrimas. Los presentes permanecían en silencio y sin moverse, sin retirar la mirada de la criatura. La palidez de la luna los dotaba de una fantasmagórica presencia y escondía sus emociones tras una mortuoria frialdad. Luego fueron dándole la espalda y retirándose del lugar.

Y fuera de la vista de todos, en lo alto del cielo nocturno, un grupo de estrellas cobró una forma diferente.

Agosto 6, 1983

Pasaron los años, y con ello la singular apariencia de Canaán fue diluyéndose en su estancia cotidiana dentro de la comunidad. De a poco fue integrándose como uno de tantos a las tareas de los jóvenes, y al cabo se halló en posición para cumplir con sus labores de macho proveedor.

Aunque no era un cazador notable, su impedimento físico lo había obligado a desarrollar métodos igual de efectivos de obtener alimento. Mientras los otros cazaban en grupos y sorprendían a sus presas acechándolas con sigilo, el jovencito se marchaba solo a buscar un arbusto lo suficientemente matoso como para ocultarse en su espesura. Luego regaba a su alrededor semillas o cáscaras de nuez, sabiendo que estas solo atraerían animales de pobre envergadura, y aguardaba escondido hasta que alguno apareciese para caerle encima. Dicha práctica lo dotó de brazos fuertes, capaces de interceptar el vuelo de un ave o romperle el cuello a una cría de jabalí.

Conforme se desarrollaba, Canaán iba adquiriendo particularidades morfológicas distintivas, entre las que destacaban su cráneo más ovoide y una menor protuberancia en la frente con respecto al resto de sus congéneres. Nadie encontró estos cambios llamativos, dando por sentado que eran parte de su deformidad.

Su espíritu independiente y decidido marcaba diferencia con los demás. Donde el resto de los jóvenes repartían su tiempo entre las obligaciones con el clan y la comunión con el sexo opuesto, guiados bajo la influencia veraniega del bajo vientre, Canaán permanecía inmaduro en dichos asuntos. Aunque los mayores alentaban la formación de parejas como base de la constitución social, y una joven en etapa de procreación era de inmediato puesta al servicio de la maternidad, el muchacho se encontraba exento por su deformidad y su pobre habilidad de cazador. Nadie quería un yerno minusválido en su familia.

Pero en lugar de resentirlo, la exclusión le otorgaba más libertad, que dedicaba a tareas en su opinión más festivas que la obtención de pareja. Luego de la jornada de trabajo comunitario, se perdía solo por los confines de la planicie en busca de alguna novedad. Era capaz de pasar extensos ratos contemplando la constancia de una caída de agua o estudiando de cercar, sin perturbar, como un pájaro levantaba su nido.

En una oportunidad, cuando era todavía un retoño, se ausentó de la aldea hasta entrada la tarde. Cuando Irg y su marido finalizaron la búsqueda, lo hallaron escondido en una de las tantas cavernas vecinas al poblado. Al no responder a los reiterados llamados por parte de su madre, la mujer se aproximó con cautela hasta donde se encontraba. El niño estaba acuclillado con la cabeza baja, ignorando los repetidos llamados. Previsiblemente, Ham perdió todo interés en el asunto una vez convencido de que su padre no lo azotaría por haber descuidado a la cría, y de inmediato retornó al poblado sin verificar el estado de su hijo.

La mujer se acercó para jalarlo fuera de la cueva, pero cambió de parecer apenas lo tomó del brazo. Canaán volteó hacia ella luciendo una espléndida sonrisa, y con un ademán de cabeza le indicó que tomase asiento. Lo hizo y juntos contemplaron como la nueva mascota del niño, una inofensiva araña tejedora, montaba su tela entre dos piedras puntiagudas que emergían del suelo.

Él sonreía fascinado ante el espectáculo. Su madre también, aunque su atención no estaba puesta en el insecto.

Canaán nunca resignó su expectante admiración hacia el mundo que lo rodeaba. Su espíritu emprendedor e inquieto buscaba entender el comportamiento de cosas para las que su intelecto no estaba preparado. Pero lejos de desmotivarlo, lo predisponía a esforzarse con mayor ahínco. En varias oportunidades la noche lo sorprendió ensimismado, presenciando el vivaz rugir de una cascada, o imaginando formas conocidas en la aleatoria disposición de las estrellas. Se volvió frecuente ver regresar a Irg con su hijo dormido en brazos, después de algunas horas de ausencia.

En general, esta costumbre era presenciada con simpatía por el resto de la tribu y nadie salvo Noé le otorgaba mayor importancia al asunto, quien en numerosas ocasiones había rugido su desaprobación a la madre por permitirlo. Es posible que el legendario dirigente viese en aquella conducta los primeros síntomas de un mal que parecía nunca erradicarse por completo, sin importar cuán severo fuese el castigo impuesto. Tal vez presagiaba en Canaán la imperfección que afecto a Adán y a Nemrod, quienes en la 'inquietud' encontraron el sendero que los condujo hacia su perdición, una infecunda rebeldía contra el Señor.

Con la finalidad de prever la aparición de otros 'dispersos' y cuidar del rumbo del ganado divino, Noé impuso por ese entonces la primera reunión de adoración a YHWH, la cual compartía la doble finalidad de recordarles sus obligaciones para con Dios, y quien era el elegido que este había apuntado al mando.

En ausencia de dialecto, la prédica se transmitía mediante actores que interpretaban con saltos, mímicas y morisquetas las leyendas legadas por El Señor, y de los que era dificultoso no burlarse. Se congregaban en ronda durante las horas finales de la tarde, aprovechando la última luz, y tomaban asiento en medialuna alrededor del orador. Noé apresuraba su mensaje, advertido del peligro de permanecer aglomerados después de la caída del sol, momento predilecto de los predadores. Se ubicaba en el centro y se dirigía a la multitud con el entusiasmo del mejor predicador, cautivando la atención de la multitud diseminada a lo largo del anfiteatro. En su carácter de emisario divino, explicaba los atributos de Dios, como una forma de volver al padre cercano a sus hijos.

Les mostró la persona del Sagrado, compuesta por una trinidad del mismo modo en que ellos lo eran de órganos, extensiones y sentidos, y cuyas partes, independientes entre sí, no eran valiosas salvo en su interacción; YHWH era Idea, Verbo y Palabra. Ninguno entendía muy bien tales conceptos, pero la intriga era parte de la atracción que generaba su figura.

La tabla no aclara si por obra directa o no, pero el asunto es que desde las primeras 'misas' en Su nombre, la buena fortuna comenzó a sonríeles. El clima entró en una temporada de templanza, y mejoraron tanto la incipiente agricultura como la caza en el altozano. Sorprendidos por el brusco cambio climático y el aumento de la vegetación, los animales se mostraban mejor alimentados, pero más lentos y perezosos. Se volvió fácil conseguir el alimento y las condiciones de vida mejoraron. En poco tiempo encontraron que tenían todo lo que podían desear.

Pero con el paso de los meses la prosperidad tuvo un efecto secundario. De la misma forma en que un hombre sano no visita su médico, el hombre del Pleistoceno fue distanciándose de su Dios. Ya no tenía finalidad adorar con largas y tediosas asambleas a un ser a quien ya no necesitaban ni entendían. Las reuniones de alabanza se volvieron cada vez menos concurridas.

Frustrado y furioso, Noé debió contener su temperamento a fin de no violar los mandamientos, aunque consideraba que una muerte serviría como perfecto correctivo de conducta. Halló una solución alternativa al recurrir en sueños a YHWH, quien consciente del problema, le prometió hallaría la solución al despertar.

Agosto 13, 1983

Fue una mañana como tantas, al principio. Noé abrió los ojos cuando el día era una promesa casi cumplida. Movió a una de sus mujeres hacia un lado y retiró el brazo que esta le aprisionaba. La hembra apenas replicó, acostumbrada a sus bruscos modos, y sin preocuparse le dio la espalda y continúo con el resto del descanso que le quedaba.

El caudillo se incorporó y estiró las piernas en el lugar. El cuerpo parecía querer responderle, pero no conseguía despejarse de la extraña somnolencia que todavía lo aquejaba. Dio los primeros pasos hacia la salida, con la esperanza de que el aire fresco del exterior lo despabilaras.

Así fue. La sorpresa lo hizo recular y preguntarse si, en efecto, continuaba soñando.

Cuesta abajo por la montaña se desplegaba una arbolada que cubría un tercio del valle. Eran arbolillos de corta envergadura, delineados en largas filas horizontales separadas por angostos corredores. De sus ramas pendían, como zafiros diminutos, unas pequeñas frutas color violeta que brillaban con el roció del alba. Había aparecido de la nada a lo largo de la noche, remplazando el desértico paisaje con un intercambio de verde. Eso evidenciaba la firma de YHWH en la obra; El padre había cumplido su promesa.

En seguida otros hombres dieron cuenta de la novedad, y al cabo de un rato toda la tribu se hallaba hurgando entre las hileras de árboles misteriosos, con excepción de Noé. Cuando sus mujeres corrieron por la bajada a sumarse a los exploradores, las ignoró. En su mente el sueño con YHWH se había convertido en una vivida memoria, y la explicación con la que lo instruyó en el arte de producir vino estaba clara. No perdió tiempo en convocar a sus hijos y juntos salieron a buscar troncos caídos, a los que ahuecarían y más tarde utilizarían como contenedores del líquido fermentado de tales frutas.

Noé ya tenía su carnada.

Ciertas reglas se aplicarían a fin de que el objetivo no se perdiese en la metodología. Ningún habitante de la tribu era permitido de beber el vino durante el transcurso del día o los atardeceres sin misa, los cuales, a petición popular, pasaron a ser un recuerdo bien pronto.

Todos, en turnos, cuidarían o recogerían el fruto del viñedo, pero ninguno podía consumirlo salvo en los momentos dedicados a Su Nombre. Nadie estaba excepto, y el castigo por violar las reglas incluía el apedreamiento y el destierro.

Solo los adultos estaban permitidos de ingerir. Los niños y algunas mujeres fueron excluidos del privilegio de la ebriedad. Los primeros por salud, y las mencionadas hembras desde un confuso episodio cuando una de ellas, todavía influenciada por los efectos de la bebida, atacó a su esposo cuando este quiso mantener relaciones sexuales.

Pero casos como este eran atípicos. En general, un efecto adverso del consumo fue un súbito descenso de la natalidad.

Apenas terminaba el sermón actuado, el mismo Noé arrastraba uno de los barriles y distribuía los recipientes de los que se servían los fieles.

Luego, posesos de una euforia irracional, cantaban, danzaban y se postraban en nombre de la divinidad. Los individuos se perdían en histrionismos y alabanzas incoherentes, sufrían visiones o experimentaban lo sobrenatural. Todo ocurría bajo la mirada atenta de Noé, quien permanecía sobrio tal como YHWH lo había decretado, y mantenía el orden de suscitarse algún problema menor.

Agosto 20, 1983

Una calurosa noche de lo que hoy conocemos como diciembre, Noé salió de su caverna y enfiló directo hacia el viñedo. Sufría de un insomnio atroz debido al intenso calor, que lo mantenía en vela caminando por la oscuridad. Junto a él los demás dormían pesadamente a causa de la borrachera y Noé –que nunca había bebido- decidió hacer una excepción a fin de poder descansar.

Una vez en el lugar, abrió uno de los toneles y se sirvió de su mano ahuecada para beber. Al no conseguir el efecto deseado, repitió el procedimiento otra vez, sin resultado. Le llamó la atención, ya que en los otros el efecto era inmediato. Lo intentó de nuevo, esta vez hundiendo la cabeza en el tonel y sorbiendo con eficacia.

El sabor, que había encontrado demasiado empalagoso en un comienzo, iba mejorando conforme consumía. Poco a poco iba perdiendo de vista el motivo original de su presencia en el viñedo, y al cabo solo permanecía para beber, que se le antojaba más y más gratificante.

Cuando por fin levantó la cabeza, un súbito mareo le hizo perder el equilibrio y caer al suelo. Lanzó una estridente carcajada, y al cabo de unas horas se encontraba todavía despierto, bebido y sudando de tanto saltar y corretear. Cuando el cansancio y la borrachera le dieron alcance se tumbó a la diestra de una mata y se durmió sin culpa.

A la mañana siguiente Ham estaba a cargo de la vigilancia de los viñedos. A raíz del constante acecho de pájaros y otros herbívoros, la tribu había estipulado rondas y turnos para cuidar las uvas. Ham estaba ahuyentando a una bandada de cuervos cuando por accidente se tropezó con su padre, que ni se inmutó ante el puntapié y con un refunfuño cargado de olor se tendió boca arriba sobre la grama.

Ham nunca había visto a su padre ebrio, y la imagen le provocó una risa profana y sincera. Sin perder tiempo corrió a llamar a sus hermanos, quienes lo siguieron sin entender cuál era el motivo de la exaltación.

Varios miembros de la tribu que se encontraban con ellos fueron detrás, temerosos de que alguna desgracia se hubiese desatado sobre las benditas uvas. Esto volvía el evento la venganza soñada, el ridículo de su padre.

Pero una vez frente al inconsciente Noé, sus hijos Sem y Jafet, quienes temían su ira, no perdieron tiempo e intentaron despertarlo.

Al abrir los ojos y encontrar a un numeroso grupo de gente a su alrededor, Noé se incorporó de un salto, pero por el apresuramiento no vio la rama sobre su cabeza y pegó contra ella. Cayó hacia atrás ante el asombro de todos. Los presentes se echaron a reír, situación que lo encolerizó peor que el dolor del golpe. Con un rugido furioso acalló a todo el mundo, y una vez de pie, buscó entre el gentío un objeto sobre el que descargar su creciente ira.

Al cruzar su mirada con Sem este reculó. El líder era sabedor de que había violado las reglas respecto al consumo de la fruta sagrada, y si no quería ser juzgado por las piedras y desterrado luego, debía atemorizar a los presentes para que guardasen el secreto.

Noé avanzó hacia Sem con la clara intención de hacerle pagar por su vergüenza, y este solo atinó a retroceder mientras señalaba a su hermano con el dedo. El patriarca volteó hacia Ham, quien cambió su semblante en un parpadeo. Al unísono, todos los presentes apuntaron con un gesto al conspirador, que víctima de la situación fuera de control se echó a correr a toda velocidad.

Por mucho que lo intentó, Noé no pudo dar alcance al insolente, cuyo único talento en la vida le fue de gran utilidad para eludir el castigo de su padre. Entonces el líder decidió volver sobre sus pasos y enfiló dirección de la guarida donde Ham convivía con su familia.

Su hijo no se encontraba allí. Dentro solo estaban Irg con su hijo, dedicados a la tarea de desparasitarse el uno al otro. Sin explicación previa, los tomó por las cabelleras y los arrastró fuera de la cueva, en medio de estridentes reclamos por parte de ambos.

Los llevó donde se hallaban la mayoría de las hembras de las tribus y, a fuerza de empujones, las apartó de sus quehaceres. En su lugar arrojó tanto a la madre como al hijo y los obligó a que terminaran los deberes en su lugar. Luego contempló desafiante a sus alrededores, una vez finalizado el veredicto.

Así Canaán y su madre se convirtieron en esclavos del resto de sus congéneres.

Agosto 27, 1983

A partir de entonces todo cambió. Con su padre proscripto y de incierto paradero, su madre y él fueron víctimas de toda la ira que Noé tenía acumulada para su primogénito. A fuerza de intimidación física, eran obligados a trabajar el doble que cualquier otro miembro de la tribu, y se les dejaban las tareas más repugnantes.

Ellos debían ser los primeros en presentarse a las reuniones de adoración y con largas y amenazadoras miradas lo convidaba a entonar las alabanzas más alto que ningún otro. Pero ni Irg bebía ni le permitía a su hijo hacerlo, sabedora de que aquel brebaje era en parte responsable del mal que los aquejaba.

La vida de Canaán dio un giro: las tardes de juegos, misterios y contemplaciones pronto troncaron en trabajos forzados; el yugo remplazó al pensamiento, y un creciente rencor en contra de todos comenzó a volverlo más apático y uranio.

Solo a Noé le era permitido dictar órdenes, pero pasado un tiempo su nuevo estatus de relegados sociales ánimos a otros a tomarse tal atribución. La comunidad entera empezó a tomarlos como inferiores, y al cabo comenzaron las burlas y las agresiones.

La narración en la tabla hace un salto al futuro, donde Canaán es, en su noveno cumpleaños, un adolescente en toda su fiereza. Lleva un año en su condición de subyugado, la que acepta con sumisa indiferencia. Sufre abusos con cotidianidad, en su mayoría insultos o burlas de parte de otros jóvenes. Irg permanece a salvo de la crueldad con la que es tratado su hijo y con el tiempo consigue cobijarlo bajo su amparo. La maternidad la ha adiestrado en una metodología adecuada para lidiar con quienes intentan molestar a su retoño: puñetazos en el hocico del agresor.

Durante la primera ceremonia del verano, YHWH finalmente se hizo presente en forma de cuenca de agua, manando del centro mismo del círculo de primitivos. Fue recibido con estupor y asombro, y quienes se hallaban todavía despiertos después de la borrachera guardaron silencio esperando Su palabra.

El Señor, personificado por la colosal columna de agua bullente, traía un mensaje para ellos: Les recordó la existencia del viejo pacto con su especie, que se remontaba a los tiempos de Caín, y por primera vez les requirió un sacrificio de sangre en adoración. Pero la tribu había acabado con las reservas y ninguno estaba suficientemente sobrio para salir de cacería, menos aún entrada la noche.

Noé, alterado por el súbito cambio de actitud, le rogó por tiempo. YHWH accedió. El plazo finalizaba al crepúsculo siguiente, no obstante les advirtió que les quitaría todos los dones que les había obsequiado. *"Obtendrás el alimento con el sudor de tu frente, para que seas recompensado"*, dijo antes de ser devorado por el suelo, y del charco remanente solo quedaron algunas ranitas que atestiguaban su anterior presencia.

El cambio sucedió radical. Las uvas se marchitaron. La abundancia de árboles y el aire fresco se desvanecieron. El clima templado se despejo, hurtando al cielo de nubes y dejando al mundo a merced del inclemente sol que había sufrido sus progenitores.

Al amanecer todos salieron a cumplir el pedido del Padre. En grupos de 6 u 8 se esparcieron por la planicie en busca de un sacrificio apropiado. Pero sin la armonía climática producto del deseo divino, pronto encontraron que la tarea sería más dificultosa de lo pensado.

Los animales, propensos a reaccionar con facilidad a cambios meteorológicos adversos, no tardaron en adaptarse al nuevo entorno. Antes del alba, para cuando la temperatura ya había aumentado 20 grados, la mayor parte de la fauna animal se hallaba en peregrinaje hacia zonas boscosas, de mayor humedad, y los pocos regazados supieron guarecerse con eficacia en lugares de imposible acceso o bien camuflados.

Los cazadores estaban fuera de forma por culpa de la vida holgada, desacostumbrados a practicar las ancianas técnicas de supervivencia. Ninguno de los grupos pudo capturar siquiera un animal vivo.

Septiembre 10, 1983.

YHWH se presentó tal y como había prometido al aparecer la aurora, pero esta vez luciendo la forma alucinada de un imposible animal, cuyo dibujo añadiré luego, ante la imposibilidad literaria de describirlo.

Noé rompió el círculo de personas y se adelantó a recibirlo, temblando de miedo al pensar en lo que esa docena de garras, espolones y dientes podrían hacerle de encontrar sus dichos poco placenteros. Se postró con humildad y rogó por misericordia, anhelando el tiempo que les permitiese traer lo requerido.

Las fauces de Dios se movieron al unísono sin que nada emergiera de ellas, pero La Voz se oyó con claridad.

"¿Es así como demuestran el compromiso hacia mí?" –Interrogó- "¿No les he explicado que el amor es sacrificio?". Sin entender a que se refería su interlocutor, Noé se volvió hacia sus compañeros en busca de apoyo, pero estos estaban igual de confusos.

Noé enseño las palmas vacías y luego hizo un amplio gesto abarcando sus alrededores.

"No hay sangre en toda la planicie, afirmas, pero Yo te llamo impostor. Pues este millar de ojos frente a ustedes ven montones de ella, aquí mismo."

Noé empalideció. Pasmado por la alternativa que estaba escuchando, miró nuevamente a sus congéneres, incapaz de encontrar la voz autoritaria con que los regía. Nunca imaginó tener que pedirles morir por Dios.

"¿Me aman lo suficiente como para confiarme su misma vida? Pues quien quiera ser salvo, atraviese el sello." -repuso YHWH mientras una de sus colas dibujaba una línea recta sobre la tierra. Atravesarla, era claro, significaba la muerte.

Todos, sin excepción, recularon.

Noé supo que aquello no terminaría bien. YHWH era de temperamento vengativo. Si nadie iba a su encuentro, las consecuencias para la comunidad entera serian desastrosas.

Se incorporó y volvió junto a lo demás. Al pasar junto al grupo de aterrorizados individuos, su mirada se cruzó con la de Canaán, que permanecía aferrado a la cintura de su madre. En un santiamén la respuesta que lo esquivó durante nueve años irrumpió clara, y se recordó sosteniendo la figura del chiquillo boca abajo, con la daga sobre su cuello. Pero a diferencia de entonces, ya sabía cuál sería el propósito de aquel minusválido.

Con órdenes que no daban cabida al titubeo les indicó a sus hijos que aferrasen a Irg. La tomaron por sorpresa, y apenas pudieron separarla de su hijo, Noé lo aferró por el brazo y lo arrastró a la presencia del Señor. Su madre tironeaba y se debatía intentando evadirse sin dejar de gritar el nombre del niño, la única palabra que su débil intelecto se había esforzado por memorizar.

Canaán lloraba de frustración, dando tumbos contra el suelo. Sus endebles piernas intentaban oponer resistencia, pero no eran rivales para la fuerza de Noé, y al llegar junto a la marca este lo alzó por encima de su cabeza, presto a arrojarlo al otro lado.

La histeria le dio a la mujer la fuerza necesaria para librarse de sus captores y se lanzó al rescate de su hijo. Pero en lugar de alcanzarlos, los pasó de largo y brincó sobre el sello, cayendo en las fauces abiertas de la criatura, quien la masticó complacido.

Nadie caía de su asombro. Irg había entendido que no podría detener el sacrificio por sus propios medios, y optó intercambiar su vida por la de su retoño.

Noé bajó al muchacho, pero por respeto a su cuñada lo retuvo por la cabellera cuando quiso ir al encuentro de YHWH llorando y con los puños en alto.

En repetidas ocasiones he señalado el carácter rebelde con el que Canaán se distinguía de sus pares. Esto se agravó luego del sacrificio de su madre, y dicha interacción se precarizó hasta esfumarse por completo. A su entender, estos eran tan culpables de lo ocurrido como el propio YHWH.

Antes de cumplir los catorce años, Canaán ya es un hombre consumado. Su ingenio le permite independizarse de los demás, y es apto para proveerse de todo lo necesario para subsistir. Es por esta edad cuando empieza a mostrar síntomas tempranos de un ingenio sobresaliente: Es el primero entre sus congéneres –y desde los babilonios– en usar el barro como gel para el cabello, innovación que le permite lidiar con el mal bastante común de piojos y otros parásitos en el cuero cabelludo. No mucho después el ejemplo es imitado y varios en la tribu lucen los gruesos mechones de pelo amontonado, símil al estilo 'rastafari' presente en la actualidad.

Su estatura es formidable, de casi uno ochenta. La tonicidad muscular de su cuerpo se ha vuelto firme pero flexible, en gran medida a causa de los trabajos forzados a los que se le ha sometido. A pesar de la atrofia en las piernas a causa del dipygus, es el único entre sus pares en andar erguido, con la espalda recta y sin ayuda de las manos al caminar.

Fue a principios de esa primavera cuando, cansado de la alabanza crepuscular al asesino de su madre –quien no regresó luego del evento, pero les devolvió las dotes que les había quitado, y el viñedo resucitó y el clima volvió a amenizarse-, tomó unos pocos víveres consigo y se marchó del poblado.

Nadie lo culpó por ello, y lidiaron con su ausencia del mismo modo en que lidiaban con aquella noche, sin mencionarla ni pensar en ella. Entendían el motivo por el que Canaán eligió habitar apartado. A nivel instintivo, aceptaban que lo ocurrido con Irg era reprobable, incluso vergonzoso, pero al fin hacían lo que debían y ni modo. Nadie podía impedir los caprichos de Dios, de cualquier manera.

Por otra parte, es probable que no creyeran que el joven durase mucho por sí mismo, y que regresaría cuando la admisión de lo inevitable no le dejase otra alternativa. Su corta historia como especie les había enseñado que nunca sobrevivirían apartados del conjunto. El mundo era demasiado peligroso.

Canaán siguió el curso del río del Sennar hasta donde las Montañas del Este se hicieron próximas. Enfiló en su dirección y para el fin de la jornada se hallaba explorándolas en busca de cavernas desocupadas. Luego de varios intentos infructuosos, en los que fue repelido a gruñidos por sus ocupantes, descendió del cerro hasta la margen y corto camino a través de un pastizal amarillento. Allí la descubrió.

Por su conveniencia y buen resguardo no esperó para reclamarla. Pocos animales tendrían la destreza de escalar la superficie rocosa que erguía la entrada a la gruta, o el ingenio de trepar los árboles aledaños para alcanzarla, tal como él hizo. Al llegar al terraplén, eludió un soto joven que crecía en medio de este y se introdujo por la boca de entrada.

La morada, que alguna vez fue conocida como la "Cueva de Eva[2]", seria rebautizada como "la Caverna de Canaán". La habitó hasta el fin de sus días, de los que dejó claro registro mediante pictogramas arcaicos sobre las paredes. Mucho de su vida pudo saberse gracias a dichas pictóricas, pero ninguno de los restantes testimonios ocupa tanto lugar como el de su tercera noche en la caverna, la noche de la caída del rayo.

Septiembre 17, 1983

Canaán se hallaba solo al margen de la caverna, demasiado meditabundo para conciliar el sueño, viendo con indiferencia la caída del sol. Llovía copiosamente desde la mañana, y los nubarrones en el cielo iban acabando con todo haz de luz que el universo tuviese reservado para

---

[2] Nota del Editor: Véase la Carta Primera del Evangelio de Canaán.

ese punto gris en el cosmos. Permanecía sentado en silencio mientras el paisaje era borroneado por el caer del agua, que como una fina manta transparente despojaba al entorno de toda nitidez. De tanto en tanto el reflejo de un resplandor iluminaba las nubes oscuras, esclareciendo los alrededores y ofreciéndole un breve esparcimiento con el que escapar de su tedio.

Perduró insomne hasta avanzada la noche, momento cuando la tormenta que lo había confinado en la cueva durante el día entero arreció en intensidad. En medio de la oscuridad estaba impedido de todo salvo dormir, acto que era por lo regular fácil de realizar luego de una agotadora jornada de trabajo. Pero la reclusión lo había saturado de energía y no conseguía relajarse.

Divagando por el fastidio, se entretenía escudriñando la penumbra con el resto de los sentidos que no eran afectados por la falta de luz. Jugaba a intuir sus alrededores, desde el aroma a tierra mojada del pastizal hasta el gusto arenoso que le dejaba en la boca el polvo levantado por la ventisca.

Cerró los ojos. El repiquetear del agua contra el árbol junto al acceso a la gruta producía una resonancia distintiva que Canaán usaba como catalizador. El sonido edificaba una imagen del suceso en su mente, y era sencillo imaginar las hojas doblegadas por el peso de las gotas, o el líquido bajando en cascada por las ramas. Se volvía posible llevarlo lejos y suponer un evento análogo ocurriendo en los arbustos del pastizal, en los bosques lejanos, o en el viñedo. Miraba sin ver cómo caía esa lluvia indistinta, universal, que lo hacía aquí como en otros lugares.

El fogonazo de luz lo encandiló. Un rayo proveniente del cielo iluminó los alrededores e impactó sobre el árbol frente a él. La sorpresiva descarga fue efímera y no alcanzó a asustarlo, pero cuando se alzaron las llamas reaccionó en pánico y escapó a refugiarse en el interior de la guarida.

Eventualmente el miedo dio paso a la intriga. Atisbó desde el ángulo del corredor con precaución y poco a poco, con pasos breves, fue recuperando el terreno abandonado. Compelido por la curiosidad, se aventuró bajo la lluvia y desde una distancia prudencial exploró el área de impacto.

Las flamas se distribuían anárquicas por la madera, pero poco a poco iban siendo sofocadas al perder la batalla contra la lluvia. En la inventiva de Canaán las llamas eran semejantes a un animal de innumerables costillas, vértebras y columnas, cuyos tentáculos envolvían a su presa. Una variable infinita de incisivos corroía las ramas y masticaban las hojas, siempre bajo el constante castigo del agua, que le laceraba el cuerpo y expulsaba su alma lejos, en forma de tibio vapor.

Acortó la distancia con el árbol, temeroso pero incitado. Las llamas se sacudían con tenacidad al consumirse sin remedio, y una súbita revelación lo empujó a lo prohibido. Se arrimó y, con fraternal delicadeza, cubrió un foco de flamas con su mano. Estas revivieron, recobrando parte de su exuberancia anterior. Canaán las observó florecer hasta que el calor lo obligó apartarse. Entonces la lluvia las extinguió.

De allí en adelante el recuerdo de esa noche lo perseguiría. Rememoraba con sumo detalle la forma en la que el fuego bailaba sobre la madera, despojándola de su vestimenta verde en un lascivo acto de sometimiento. Recordaba su danza impredecible, su poder, su indominable comportamiento.

Canaán meditaba como quien realiza una tarea delicada en el medio de un concierto de orquesta, aturdido por su imposibilidad de elaborar conceptos complejos. Encontraba doloroso pensar en esta clase de cosas. Pero la alternativa eran las memorias de su madre o YHWH.

Nada era comparable con aquella fuerza de la naturaleza. Cualquier otra obedece a diversos estados, eso era axiomático hasta para alguien de su sencillez. El en persona había visto los lagos pasar de líquidos a sólidos, congelados durante en las noches heladas. A sí mismo, el viento soplaba en ráfagas o yacía en quietud. En el suelo, la tierra era humus fértil o cenizas y polvo.

Pero el fuego era diferente. Solo poseía una identidad, y su instinto siempre empujaba hacia la inquietud. Solo conocía un estado, arder. El fuego era verbo.

Era Verbo, igual que YHWH.

Septiembre 24, 1983.

El desierto era, en realidad, solo otra faceta en la multitud de reflejos proyectados por Canaán. Los dos compartían la templanza de carácter, la ilusoria quietud, y una equivalente determinación por subsistir. Su habitad continuaba definiéndolo con cada tribulación, con cada victoria y cada capitulación. Pronto no habría manera de distinguirlos, o detenerlos. Pronto llegarían a ser quienes romperían la Historia. Pronto, pero no ese día.

Esa mañana se había despertado más temprano de lo usual, aquejado por el hambre. Al no contar con el trabajo comunitario del resto de la tribu, solo podía valerse de sus propias fuerzas, y en múltiples oportunidades padeció sus propias limitaciones. No faltaron las veces donde debió acostarse con el estómago vacío.

Dos días antes un grupo de animales salvajes habían estado rondando el pastizal, forzándolo a permanecer atrincherado en su inaccesible atalaya. Pero esa mañana todo aparentaba estar despejado, por lo que aceptó el riesgo y se largó en búsqueda de alimento.

Canaán había acabado con los recursos de la flora aledaña durante los meses que llevaba allí, y al parecer la manada se había apropiado de todos los animales pequeños. No tuvo otro remedio y debió aventurarse hacia terrenos inexplorados.

Halló el siguiente bosque unas horas antes del mediodía. Evitó adentrarse en la espesura y se bastó de lo que tenía al alcance. Luego, satisfecho, tomó algunas frutas para la cena y se dispuso a emprender el regreso. Pero una silueta lejana atrajo su atención.

Canaán subió la loma que obstaculizaba la panorámica, alentado por la curiosidad. Al llegar a la cima, alcanzó a ver las antiguas ruinas de Babel[3], abandonadas y derruidas por el paso de las centurias. Bajó la cuesta y, tras cruzar el curso de un rio seco, dio con su destino.

La fachada de la torre estaba considerablemente deteriorada y estéril. No se divisaban flores y hiedras como en sus tiempos gloriosos, y de sus fastuosas enredaderas no quedaba marca salvo en el recuerdo.

Se introdujo por el laberinto, aunque no lo entendió como tal; ninguno de sus muros permanecía de pie en su forma original desde la batalla contra el cielo, y el tiempo había acabado con las restantes estructuras. Lo atravesó en línea recta, sin necesidad de desviarse o tomar una curva.

Después de una exploración furtiva a los alrededores, decidió probar suerte con los niveles superiores. Se aprovechó de un área desplomada en el extremo sur, que había emplazado una rampa de acceso que alcanzaba la cuarta planta.

Indagó en las distintas cavernas del segundo y tercer piso; pasó al cuarto, donde las guaridas estaban decoradas en mayor parte por grabados y dibujos. Era un registro gráfico vasto, en el que reconoció

---

[3] Nota del Editor: Véase la Carta Segunda del Evangelio de Canaán.

eventos y situaciones similares a su presente. Canaán no le dio la importancia que merecía, pero en retrospectiva consideraríamos ese lugar como el primer 'archivo' histórico en la historia del hombre.

Hizo de la torre su hogar por lo que quedaba de la temporada, cuando supuso la fauna aledaña a su caverna se habría recompuesto. Reticente al cambio de habitad en un comienzo, se convenció al cerciorarse de que ningún predador, aéreo o terrestre, se acercaba a las ruinas. Varias veces fue divisado; ninguno hizo el intento de darle caza.

Estudió los testimonios en tiza que albergaban las paredes. Aprendió las costumbres diarias de los babilonios, sus técnicas de caza y edificación, sus prácticas. Pero una historia en particular despertó su curiosidad más que las otras.

Uno de los trazados mostraba a un babilonio enarbolando un trozo de madero. Un mamarracho de polvo rojo en uno de sus extremos simulaba, Canaán entendió, las llamas de la antorcha. Junto al sujeto se apreciaba una pirámide sin base —una montaña-, de la que descendía un río con las mismas propiedades, carmesí y desguazado. El testimonio finalizaba con el regreso del protagonista a su tribu trayendo consigo la fabulosa adquisición.

Canaán identificó cada elemento en la escena salvo las pirámides. Nunca había presenciado una erupción volcánica, y por ello no entendía cómo podía caer otra cosa que agua desde las montañas. Pero de todas formas el dato era irrelevante. Miró con detenimiento las últimas figuras, donde el significado era claro.

Era posible dominar el fuego.

Se vuelve complejo trazar una cronología cabal de lo que siguió. Las tablas lo abordan con la simplicidad del lenguaje sumerio, incapaz de desentrañar el proceso que condujo a Canaán a producir y manipular el fuego a voluntad. Para ello es necesario entender el proceder científico, consistente en la repetición sistemática, la acumulación de fracasos y la intransigencia en la edificación racional y el proceder lógico. Recuerdo haber soñado esta etapa de la vida de nuestro joven hombre, y las imágenes que vienen a mi lo muestran golpeando roca con roca, rama con rama. Recuerdo que pasaron muchos años antes de obtener resultados, pero a la vista de lo ocurrido el final fue, por supuesto, satisfactorio.

El cambio en su vida diaria debe haber sido inconmensurable. Entre sus muchas ventajas, el fuego le otorgaría el poder de desplazarse o realizar tareas durante la noche. A su vez, cocinar con calor permitiría una mejor absorción de los alimentos, además de erradicar bacterias y otros agentes dañinos. El frío ya no sería un enemigo imbatible tampoco.

Su descubrimiento significaba una mejor calidad de vida. Pero si todo esto era bueno, lo mejor estaba por venir.

Cuando los escritos retornan a Canaán, lo anuncian como el hombre que forjará La Historia.

Octubre 1, 1983

Canaán se encuentra solo en el medio de la planicie desierta. El calidoscopio celestial enseña una luna ceniza, anémica, tan cercana al horizonte que parece detenida en su desplome, y las pocas estrellas que relumbran a su lado simulan ser vestigios de su errática trayectoria. La noche se eterniza en la penumbra, que a modo de coraza permanece inmutable sin dejar huella del transcurrir.

Aquel simple acontecimiento es, a su vez, de inconmensurables proporciones. Es la primera oportunidad en que un ser humano se anima a salir a tales horas. No era territorio seguro para su especie. Solo bastaba aguardar hasta que algún predador lo olfatease para verlo forzado a escapar a la carrera.

Pero en cambio permanece acuclillado con la cabeza gacha, concentrado en la tarea que realiza, mientras con ambas manos hace girar la punta de una estaca de madera sobre un trozo de corteza ahuecada. El madero apoyado en el suelo tiene la forma de una 'u', y su centro está relleno de hojas verdes y otras hebras. Se detiene y sopla con delicadeza sobre el montículo para luego retomar la labor con la varilla. Friega las palmas una con otra y el palillo comienza a dar vueltas sobre sí mismo.

Un hilo de humo blanco se desprende de la fricción. Canaán intensifica la velocidad, interrumpiendo el proceso de vez en cuando para espolvorear briznas secas, teniendo cuidado de no ahogar la insipiente combustión que ha dado comienzo. Al cobrar la vivacidad apropiada, se aparta a un costado y exhala de nuevo por debajo del montículo. Las hebras encendidas, que ya ostentan el color rojo candente, consiguen esparcirse y contagiar al resto. El fuego es un hecho.

Canaán arroja un tronco sobre la fogata y la contempla crepitar en silencio. No hay señal de incertidumbre o miedo en su semblante. Se ha forjado un vínculo profundo entre ellos, donde el entendimiento despeja la duda y vuelve lo increíble familiar. Domina con comodidad ese fenómeno básico, fundamental, y se pregunta si podría hacer lo mismo con el aire, con el agua, con la tierra. Frente a la hoguera encendida todo parece posible, adquirible o maleable. Las preguntas y las esperanzas se concatenan solas delante de un auténtico milagro.

Por momentos ve algo diferente en el fuego. Su fisonomía incoherente cobra sentido de improviso y le enseña una figura que nunca ha visto, pero que percibe como íntima. De todas las formas que podría ver en el crepitar, una y solo una se repite. Luego la bestia desconocida se disfuma en el arder, sin revelarle como reconoce a un Tigre Dientes de Sable si nunca ha visto uno antes.

La luz de la pira se expande en todas direcciones dibujando sobre la tierra un círculo difuso, de relieves vagos e indecisos contornos. Fuera del circuito las fieras comienzan a merodear, observando la presencia del intruso con resquemor, y Canaán entiende que tarde o temprano se verá obligado a detener su patria de aquellos que se atrevan a traspasar sus fronteras. Por un instante desea que se larguen, que lo dejen solo contemplando la maravilla. Pero luego recuerda que está allí por un motivo, y murmura el nombre de su madre junto a los otros que atesora desde su estancia en Babel: Adán, Nemrod[4]. Murmura vendetta.

Se conjuran, en un momento impreciso, un jardín y un cuartel. Si la relaciono con un jardín es por su origen en la manufactura; es la labor de una mente ilustrada. Las flamas son cultivadas con paciencia por el hacedor, que no las abandona ni las deja morir. Es un huerto de alboradas donde cada pieza tiene su propósito, cada elemento se desempeña en el procedimiento.

Es un lugar prohibido, un oasis lumínico que vence a la penumbra separada por el todopoderoso en los inicios del universo, y cuya existencia es un sacrilegio al mandato divino. Si Dios hubiese querido convertir el día en noche, así lo hubiese estipulado.

Y es un cuartel en el que Canaán se guarece de la intemperie, donde el frio se remilga acobardado por ese sol agrario que ha nacido y crecido del suelo y en el lodo, como un acto revolucionario. Las bestias alrededor practican los primeros movimientos de su coreografía de contendientes,

---

[4] Nota del Editor: Véase la Carta Primera y Segunda del Evangelio de Canaán.

detrás de las bambalinas de la nocturnidad, rodeándolos a él y su islote, ofuscados por su osadía. La codicia por su carne se extiende entre los intérpretes de la obra, y su ira es acompañada por la hiel hambrienta rebozando por las comisuras de los maxilares.

Pero nadie se atreve a adentrarse en la luz.

Octubre 8, 1983

Era un mundo enorme, por aquel entonces.

Se lo podía intuir por fuera del círculo en su formidable inmensidad, rescribiendo su anatomía con el pronunciar de vocablos silenciosos, mutando su aspecto en ausencia del dios vigilante. Bastaba que una ráfaga quebrase el pestillo de una hoja, o una pestaña cayese por la mejilla de una cebra. En algún lugar una piedra se desprendía cuesta abajo y el curso de un río se aproximaba otro minuto hacia su futuro desagüe. El silbido del viento, la noche virgen, la mansa humedad de la planicie que reposaba sobre el fuego y lo hacía chisporrotear.

De tanto en tanto la textura de la penumbra se resquebraja y una silueta se distingue del entorno. Merodea alrededor del círculo, sin dejarse revelar por la luz. Es esquiva, sus ojos momentáneos, y una invocación silente la retorna a la marea negra que lo devora como si no hubiese existido.

Canaán sabe que están afuera, agrupándose y acrecentando su número. No los ve, pero los reconoce en la variedad de aromas que la brisa arroja. Algunos los recuerda de su pasado, ya que quienes te han hecho correr por tu vida nunca son olvidados. Otros le son desconocidos, material de la imaginación para exagerar. En cualquier caso, todos comparten una misma ansia.

Entre sus pensamientos irrumpe una revelación que no alcanza a entender en su totalidad, y es el hecho de que el vasto, enorme mundo que se repartía en todas direcciones se había reducido a ese punto diminuto en el desierto. Lo que sucediese allí tendría repercusiones colosales.

Replicando a dicha premisa con un gruñido amenazante, el lobo introdujo una pata en el círculo de la hoguera.

Sus pasos son lentos y meticulosos. Con destreza circunda la figura de Canaán por la espalda, que no parece percatarse del arribo. Agacha el hocico y da un paso al frente, previendo alguna reacción en el sujeto, que continua sin inmutarse. La esencia del hombre embarga sus sentidos y con insana morbosidad imagina su carne sápida y tibia, aunque no atenta a seguir avanzando. De la nada parte una ráfaga de aire frío que le barre el lomo y agita la fogata, atenuando la luz.

Las flamas se reflejan en las pupilas doradas del cazador dotándolas de un brillo cristalino. Lo impredecible de aquella fuerza lo desconcierta, como si temiese que pudiera escapar de su confinamiento de maderas.

Aunque el hambre lo hostiga, no consigue adquirir la actitud homicida. A tan corta distancia de su presa el lobo debería lucir el pelaje encrespado, los colmillos como dagas por fuera de la boca y las comisuras rebosantes de saliva. Su andar tendría que ser determinado, listo para interceptar cualquier intento de escape.

Pero no es así. La fascinación por lo desconocido lo poseé y nubla la práctica cotidiana. Se propone un juego siniestro donde ninguno de los roles queda claro: quien debe correr a guarecerse permanece impávido, desdeñoso de todo salvo el fuego, y aquel que debería escribir el cuadro en sangre revolotea en cautiverio del miedo.

Gruñe por segunda ocasión tomando coraje. El maxilar desciende y enseña los incisivos en cámara lenta, presionándolos con convicción.

Desde las sombras los espectadores invisibles felicitan el comienzo de la obra con un coro de aullidos, animándolo. Arquea la columna e inclina la cabeza sin dejar de mostrar la hilera de cuchillos dentados por debajo del hocico, la sonrisa de un carnicero frente a un cadáver inerte.

Canaán voltea sobre su hombro al escucharlo. En silencio tuerce las cejas con disgusto, y con discreción apoya su mano sobre una vara a su lado, cuyo extremo se halla hundido dentro de la hoguera. Aferra la circunferencia con lentitud sin retirar los ojos del animal que ya no lo escudriña, sino que lo saborea por anticipado.

El lobo da el salto y surca el aire con las fauces abiertas. De sus pezuñas traseras se desprende polvo y arena en el momento que Canaán responde extrayendo el bastón dentro de la hoguera, que exhala trozos de madera incandescente por doquier. El báculo ardiente se curva por la fuerza centrífuga e impacta en la trompa de su contrincante. El animal es repelido hacia un costado, cayendo de bruces y dando tumbos hasta quedar tendido en el suelo, mientras el sujeto aprovecha la ventaja para incorporarse.

Afligido por las quemaduras, el lobo busca ignorar el dolor en su rostro y recobrar el equilibrio sobre sus patas. Pero Canaán se lanza sobre él en un santiamén y lo atraviesa con la lanza al rojo vivo, que detenta el poder de abrir la carne con asombrosa facilidad. Sus pezuñas abandonan el suelo y su anatomía pende en el aire, exhibiéndose frente a las multitudes entonces circunspectas, que instantes atrás lo celebraban como a los periplos de un victorioso conquistador. Gimotea una última vez cuando el sujeto extrae la vara y cae a tierra carraspeando la sangre que el esófago le envía hasta la boca.

Al fin la misericordia convierte el dolor en una circunstancia a finiquitar. Todo lo que el lobo es capaz de registrar, tendido sobre su costado, es la presencia elevando la pértiga y la punta carmesí cayendo inclemente sobre su semblante.

EL EVANGELIO DE CANAÁN[5]

Carta Cuarta

"Y dijo Dios: *Sea la **luz**; y fue la **luz**.*"

Octubre 15, 1983

Tenía el motivo. Ahora poseía el arma. Bastaba averiguar si habría de asumir la responsabilidad de enarbolarla.

La primera imagen que recuerdo de mis sueños es la maleza errante que Canaán debió apartar para entrar en las lindes del fastuoso viñedo. Vaticinó en el silencio un signo fortuito, dado que la presencia de algún guardián hubiese complicado las cosas. Si su mente no hubiese estado nublada por lo rudimentario de su naturaleza y la ira que le producían los pensamientos recurrentes, hubiese comprendido que estaba escribiendo

---

[5] Nota del Editor: La autoría del texto y la traducción del original en cuneiforme, aunque en disputa, se cree pertenecen al Dr. Eugenio Copperplate. El autor original nunca añadió su nombre al documento.

una parábola innovadora donde pasaría de plebeyo a maestro, de siervo a servidor.

Se escurrió entre los arbustos con sumo cuidado, intentando que la irrupción pasase desapercibida. Era seguro que no esperaban su regreso de aquella forma, pero bastaba con que lo confundieran con algún herbívoro comiendo de los frutos para que alguien viniese a certificar que ocurría. Y su plan no incluía un enfrentamiento allí, en territorio enemigo.

Tanteó los instrumentos anudados a su espalda. Luego de acabar con el lobo había usado su pellejo para remendarse una suerte de bolso, que cargaba como bandolera, cruzado en el pecho. Allí guardaba, entre otras cosas, la grasa que había extraído de su víctima, y que descubrió producía una combustión constante y prolífera.

Se detuvo al llegar al centro de la plantación. Con el mismo empeño con el que lo había hecho durante su estancia en la planicie, extrajo del saco los maderos y los frotó uno sobre el otro, haciendo girar el largo entre las palmas de sus manos. A fuerza de fricción, la corteza ahuecada comenzó a desprender el humo blanquecino y en corto tiempo desprendió el rojo intenso que dio paso a las primeras llamas.

Acercó un fémur cubierto de grasa animal. La atracción fue instantánea, y donde antes se hallaba el hueso ahora relumbraba una poderosa antorcha. Luego se movió de hilera en hilera por el viñedo, besando la flama contra el suelo espolvoreado de filamentos y pajillas secas. El fuego fue extendiéndose como la alevosía por el ánimo del perpetrador, y la locura se nutría de las piruetas que realizaban las llamas al saltar de mata en mata.

Era mediodía cuando el humo alcanzó la altura suficiente para ser divisado por la tribu. La mayor parte de sus integrantes se hallaban dispersos por la planicie en búsqueda de alimento y fue Sem quien dio la voz de alarma, llegando hasta la caverna donde se encontraba su hermano Jafet abusando de la cría de una cabra. Todavía perlado en sudor a causa de la cúpula interrumpida, salió corriendo detrás de él y subieron juntos por la enlomada hacia el origen de la humareda.

Sem estaba a punto de alcanzar la cima cuando sintió como algo se posaba sobre su brazo derecho. Era una diminuta cascarilla de color gris, no mucho mayor que un grano de mostaza. Se detuvo y, con aire dubitativo, la sacudió con la palma de la mano. La sustancia se desparramó sobre el pelaje con facilidad, colorándolo de gris como el cabello de un anciano. Era poroso como tierra seca. Miró hacia arriba buscando su origen y descubrió la lenta llovizna de ceniza descendiendo del cielo.

El golpe a la carrera que le proporcionó su hermano lo retiró del divague. Siguieron escalando a la par y, al llegar hasta la cúspide, fueron los primeros en ver cómo la plantación desaparecía en un holocausto ardiente. Y del otro lado del valle, sobre la colina opuesta, Canaán los observaba sin intención de ocultarse.

La tribu entera se reunió frente a los despojos de lo que fue su viñedo una vez extinto el fuego. Las mujeres lloraban y se consolaban mutuamente, mientras los hombres revolvían los restos en busca de alguna raíz que no se hubiese incinerado en el proceso. Todos excepto Noé estaban conmocionados.

El patriarca se había distanciado del grupo y miraba a lo lejos. Según Sem y Jafet, fue su nieto quien ocasionó este aborrecible acto, y ya el rumor se había desparramado entre los demás. Nadie entendía cómo podía ser, pero eso no importaba. El pueblo de Dios pedía revancha y si Canaán no era culpable, cargaba con la mala suerte de parecerlo.

El tendal de gente dispersa fue reuniéndose en torno al líder en busca de guía. Un grupo minoritario sugirió que intercediese ante el Altísimo, y con maromas describían como el Señor podría hacer crecer las matas de vuelta. En el bando opuesto se encontraban aquellos que deseaban partir en búsqueda de retribución primero, y demostraban su convicción arrojando piedras y blandiendo sus lanzas al aire.

Noé alzó la vista e imploró por ayuda. Luego de 12 años de exilio, su nieto había decidido volver a tomar revancha. El líder dudaba sobre cómo resolver la situación, entendiendo las razones de su nieto, y una vaga empatía le impidió sentir odio. Un razonamiento elemental los hermanaba; el patriarca hubiese actuado en forma similar si alguien querido por él hubiese tenido que sacrificarse...

Escupió al suelo con disgusto. No quería pensar en ello. Había sido la orden de YHWH, no existía objeción posible. Dios era sabio. Los había cuidado durante las épocas malas, y era a quien le debían la razón misma de su existencia. No estaba de acuerdo con lo sucedido, pero la obediencia a su creador era lo único importante.

La Voz de los mandamientos resonó en su mente con la respuesta: "ojo por ojo, diente por diente, dice la Cláusula de la Ley[6]". El veredicto, aunque escueto, no daba lugar a dudas.

Octubre 22, 1983

Mientras Canaán huye de la escena del crimen, lo que resta de la tarde es calma. El paisaje es solo perturbado por la presencia en el horizonte de la humareda proveniente del viñedo. Fuera de eso la planicie permanece inalterable, inadvertida de la futura contienda.

Está demasiado lejos para escuchar el alboroto que ha causado, pero se regocija al imaginar la conmoción mientras cojea el camino de regreso a la ciudadela. Fabricaba la escena en su mente, el momento en que asumieron su imposibilidad de detener el arrebato de su amado placebo.

Más y más me reconozco en ese moderno primate, y aunque sus rasgos y su deformidad lo anclan en mi pasado darwiniano, su avispado ingenio y su ira cargada de astucia lo reconcilian con mi presente, con el presente de cualquier homo sapiens decidido a salirse con la suya.

---

[6] Nota del editor: Véase la Carta Primera del Evangelio de Canaán.

Se mueve con relativa soltura por la llanura plana, pero es evidente que el juego de piernas extra le resta agilidad. Me pregunto —iluso yo- que técnica creerá dominar con tanta pericia que le permita vencer a un número tan alto de enemigos. El fuego, si bien una ventaja notable, podría no ser suficiente frente a cazadores y guerreros más experimentados en luchas y duelos.

El sol era sepultado por la oscuridad que, inminente, se desparramaba sobre la tarde, enseñando una precoz luna diurna y cielos color violeta. En ese contexto una veintena de hombres se abren paso por el desierto. Incitados por el odio no habían caído en cuenta de la hora al salir de la aldea, y ahora el atardecer era una certeza que afrontaban con intranquilidad.

Mediante rastros falsos y huellas cavadas con anterioridad, Canaán había tramado una estrategia que retrasaría a sus perseguidores y le permitiría llegar primero a su destino. En algunos tramos del camino las pistas falsas eran tan divergentes que parecían indicar la presencia de varios individuos siguiendo direcciones opuestas.

Al cabo de un rato de dar vueltas persiguiendo espejismos, Noé y sus hombres entendieron que habían caído en una trampa. Con el sol a punto de esconderse, el propio Jafet fue el primero en sugerir volver a las cuevas y reemprender la cacería en la mañana, mientras se las arreglaba para disimular la cobardía frente su padre. La negativa de Noé ante el pedido causó que hubiese otros intentos de disensión en las filas de los beligerantes, y solo la autoridad del caudillo pudo evitar una desbandada general.

Aunque discordantes, los indicios mantenían una constancia en torno al Este. Noé dedujo sin dificultad la dirección que había elegido el fugitivo. Tenía suficiente experiencia en persecuciones como para concluir que la intención de su nieto no era la de perderlos, sino demorarlos, y no pasó mucho hasta que dedujo su paradero.

Dio la voz de alto y los reunió a todos para comunicarles el plan. Decidió que, una vez ajusticiado su familiar, pasarían la noche en Babel y volverían al poblado por la mañana. Muchos se mostraron reticentes respecto a dormir en la tierra maldita por YHWH, pero el escaso número de alternativas los convenció de no pronunciar objeción.

La luna llena les alumbró el resto del trayecto. Llegaron hasta el bosque, lo rodearon y subieron las colinas posteriores, donde el olor de Canaán se percibía límpido.

Octubre 29, 1983

En mis sueños lo veo nítido. Mi mente dormida compone una imagen donde Canaán está de pie, presto al enfrentamiento. Lo imagino sacro, detenido sobre el punto más alto de la torre, y la luna a su lado le recorta el perfil como el aura prístina de un santo. Su figura es diáfana, capturada por un lente empanado que borra sus debilidades humanas, y su pelaje azabache exhala un tinte plateado que resplandece en la obscuridad.

Pero en otras versiones de este mismo sueño Canaán aparece menos resuelto, más animal. Se ubica de igual forma en la cima de la fortificación. Pero la luna se halla lejana y delata toda su mortalidad, despojándolo de cualquier ventaja a priori sobre sus perseguidores. Su vello está cubierto de sudor y las arrugas de su rostro lo avejentan. La única coincidencia entre ambos sueños es la tonicidad de su piel oscura, pero en este caso permanece barrosa y opaca. Por algún motivo siempre recuerdo el mismo detalle, acaso un significante de símbolos que aún no he conseguido descifrar.

El silencio permanece inalterado hasta que el primero de los perseguidores corona la cima de la meseta. Al divisar a Canaán da la voz de alarma y advierte a los regazados, que apresuran la escalada. La conmoción es general y el grupo entero se precipita cuesta abajo, tan desesperados por capturarlo que colisionan y tropiezan entre sí.

Se aventajaban unos a otros mientras aúllan enloquecidos, abandonados a un frenesí que los purifica. La tarea de encontrar al fugitivo había sido una carga pesada para todos, pero ahora esa furia los despejaba de todo pensamiento anterior, de toda forma subyugante de disciplina. No había mayor reflexión. Eran libres de ser, de abandonarse a los instintos y pensamientos que no incordiaban. Todo lo anterior era nada más que un preludio, un torpe y lento prólogo que retardaba la satisfacción de volver al ser bestial que acarreaban dentro.

El cielo estaba cubierto de nubes que no transparentaban ni una sola estrella. Pero la suerte, compañera esquiva y traicionera, estaba de momento del lado de los yahvistas, que acortaban la distancia rápidamente gracias a que el reflejo lunar bañaba todo de una insólita claridad. Canaán permanecía atento a la turba aproximándose, observándolos mientras atravesaban las ruinas que antaño conformaban el formidable laberinto.

Los más jóvenes tomaron la delantera. Ante la necesidad de utilizar ambas manos para trepar, los guerreros se vieron forzados a cargar armas cortas, sosteniéndolas entre los dientes. Fueron subiendo por las paredes agrietadas, saltando y aferrándose de un balcón a otro en forma vertiginosa. Mortíferos seres que, imbuidos de la blancura de una luna delatora, homicida, mostraban sus colmillos empapados de espuma rábica.

Jafet fue el primero en alcanzar el terraplén del cuarto balcón. Canaán lo estudiaba desde el piso superior, acuchillado junto al borde. Al reconocer a su sobrino, el hijo de Noé escupió una lasca en forma de puñal y la aferró en una mano. Lo apuntó con ella y con un meneo del estilete le ordenó que descendiese. Canaán guardó silencio. Su única réplica fue incorporarse en el lugar.

Jafet perdió los estribos ante aquella muestra de osadía. Su brazo se transformó en una silueta borrosa que disparó el machete directo al centro del cuerpo de su contendiente, sin que este atinara a reaccionar.

Pero como si la misma naturaleza conspirase y eligiera bando, un cúmulo de nubes cubrió la luna, la única fuente de luz que rompía la obscuridad, y la noche lo abarcó todo. Canaán desapareció de la vista envuelto en aquella prestidigitación natural y el proyectil se perdió en la negrura.

Los perseguidores detuvieron el ascenso. Ninguno conseguía distinguir el entorno, y solo la más elemental memoria evitaba que cayesen desde donde se hallaban. Se buscaban entre sí, siguiendo a tientas la periferia de los muros, y aquellos que todavía colgaban de estos comenzaron a gimotear. Otros, igual de atolondrados, trastabillaban y se chocaban como gallos ciegos. Eran predadores diurnos, y el sobresalto por el cambio de ámbito los estaba arrojando en brazos del terror.

Desde abajo, Noé gruñía su desaprobación ante tal muestra de cobardía. Él no era capaz de trepar a causa de su edad, pero el sentido común dictaba que las nubes se disiparían eventualmente. Era solo cuestión de esperar.

Entretanto Canaán intentaba sacar provecho de la situación. Ileso del primer atentado contra su vida, supo que no tendría tanta suerte una segunda vez. Se guindó la bandolera sobre la espalda y removió la manta de cuero con la que cubría una fogata a su lado. El cobertor había acabado con el oxígeno y erradicado las flamas, pero las piedras negras de carbón continuaban al rojo vivo.

Sobre ellas se ubicaba un diminuto arbolillo de corteza blanca, similar a un bonsái, en cuyas ramas anémicas de hojas y flores colgaban dos frutos con la apariencia de extraños caracteres. Ambas piezas despedían una vaga fosforescencia escarlata que palpitaba como un corazón. Las raíces del arbusto se hundían profundo entre las rocas, pero en lugar de consumirlas, el calor parecía nutrirlas. Desprendió ambos frutos y los ocultó dentro de la bandolera. Luego escogió una de las antorchas en su mochila y la aproximó a las piedras. Aguardó por unos instantes mientras que la grasa encendía.

Enfiló hacia la enorme abertura en el medio de la plataforma que los babilonios habían construido como sistema de ventilación, y recogió una soga previamente anudada a una de sus salientes. Tiró de ella un par de veces, verificando su resistencia. Una vez se cercioró de que aquel 'mástil' resistiría su peso, se introdujo por el agujero y comenzó el descenso, prestando especial cuidado a que las flamas no rozasen las paredes del hoyo. Calculó la distancia y bajó hasta donde se encontraba la entrada de aire de una de las cavernas, una suerte de 'puerta trasera' por donde se introducía la correntada fría desde el exterior.

Contando con la ventaja de conocer la extensión de los corredores y que podía transitarlos sin necesidad de luz, Canaán mantuvo oculto el brillo de su arma con el trozo de cuero. Pero una vez en el exterior descubrió la antorcha, dándoles a sus enemigos la apariencia de manifestarse de la nada.

Jafet casi no se había movido de su ubicación cuando vio emerger a su sobrino a través de uno de los pasadizos. Reculó hacia atrás aterrorizado ante la presencia del fuego, pero al retroceder dio con el borde del balcón y uno de sus pies palpó el vacío. Debió echarse hacia adelante para no caer de espaldas y obligado bajó la cabeza por el vaivén. Cuando retornó su vista al frente tenía a su enemigo delante, sosteniendo con ambas manos la base del báculo ardiendo.

El golpe en el rostro lo lanzó hacia la nada. Cayó al siguiente piso, rebotó y se precipitó otro escalón más abajo, donde acabó tendido sobre una laguna de sangre carmesí.

Cundió el pánico. Los testigos contemplaron horrorizados el asesinato de Jafet, y su cuerpo roto yaciendo inerme trajo una ola de angustia y confusión. La turba no esperaba que el acusado tuviese la capacidad de defenderse. Ninguno había asumido que el hijo de Irg controlaba el fuego a voluntad.

Indiferente a esto, Canaán se limitó a mirar a sus alrededores en búsqueda de la siguiente víctima, antes de desaparecer en el interior del monolito por segunda ocasión, dejándolos a obscuras nuevamente. Iba moviéndose de nivel en nivel mediante la soga, y confundía a sus rivales escogiendo distintos pasadizos desde los cuales aparecer. Atacaba por sorpresa y desaparecía para luego irrumpir por otro sitio, en una prehistórica guerra de guerrillas que iba despejando los niveles de invasores.

El cúmulo de nubes se despejó y la luna volvió a iluminar, pero para entonces no hubo diferencia; ninguno de los yahvistas conseguía acercarse lo suficiente para emplear sus cortos filos y garrotes. La longitud de la vara y la corona de fuego eran mejoras tecnológicas muy superiores en el combate cuerpo a cuerpo en una superficie tan estrecha.

Canaán blandía su arma con pericia y luego de algunos combates exitosos los demás cazadores decidieron escapar bajando a tierra, prefiriendo la cobardía a la muerte.

El guerrero se irguió con orgullo sobre el terraplén del segundo piso cuando la estructura se halló libre de invasores. Desde abajo Noé lo miraba entre azorado y furioso, aunque las ganas de retorcerle el pescuezo sobrepasaban su estupefacción. El muchacho arrojó la antorcha extinta y se dirigió a una de las cuevas, para cumplir la segunda parte de su plan.

Pero todo cambió cuando Dios se hizo presente.

Noviembre 5, 1983

YHWH se manifestó como era costumbre, luego del fallo de sus enviados. Desde el filo del horizonte se expandió una bruma blancuzca que se acercó hasta alcanzar la periferia de la ciudadela. Irrumpía de todas direcciones, filtrándose por entre las ruinas del laberinto hasta llegar al patio principal. La neblina fue confluyendo en medio del parque, tomando consistencia y oscureciéndose, hasta que su forma algodonada mutó en otra. En el principio fue la palabra, y la palabra se hizo carne en la forma de un toro.

Era un animal atemorizador, de volumen y musculatura imponente. Cada centímetro que constituía su cuerpo estaba claramente demarcado, exagerando su aspecto mortífero. Su hocico era ancho y aplastado, y el resto del rostro parecía fracturado por la furia. En mi sueño sus ojos están vacíos, sin pupilas, pero no creo que esto sea exacto. Es más probable que lo esté recordando del mismo modo en que Canaán debió verlo, una cruza entre su realidad y la más terrorífica pesadilla.

Era evidente que aquel avatar era YHWH; entre medio de sus cuernos llameaba un fuego que nacía del aire, sin tocar las aspas, y se mantenía inalterable a pesar del galopar de su portador.

Una vez que emergió por completo la neblina se disipó arrastrada por el viento. El toro se dirigió con paso gallardo hasta la base de la torre, desde donde Canaán lo observaba intentando corroborar si ese era en realidad el asesino de su madre y no otra de sus marionetas. El bovino se detuvo y alzó la mirada en su dirección. Meneó la cabeza y con una pata aró el suelo reiteradas veces, retándolo a que bajase, pero el guerrero lo ignoró y le mostró la dentadura, en un gesto inequívoco que recuerda el modo en que los chimpancés se burlan. Si quería enfrentarlo, implicaba, sería bajo sus condiciones.

No obstante, Dios tenía otros planes.

Lo que sigue a continuación es difícil de explicar: El toro abrió la boca y de ella brotó un sonido que no creo poder describir, quizás por incapacidad mía, quizás porque no existe idioma sobre la tierra con calificativos cercanos. Pero apenas la voz de Dios prorrumpió en el mundo, la materia, la realidad misma, se doblegó ante su autoridad.

A medida en que el eco se expandía, la luz de detractaba y descomponía en formas asimétricas. El suelo comenzó a levantarse y formar garabatos que no eran otra cosa que silabas provenientes del abecedario divino. Las piedras de la torre se cuartearon por sí solas, pero una mente educada en los menesteres de lo espiritual reconocería en aquellas roturas los grabados de un idioma perfecto, plagado de trascendentales vocales y consonantes. La Palabra de Dios alteraba la existencia sin impedimentos.

Canaán no pudo resistir la *orden*. Con la voluntad secuestrada, saltó hasta la planta baja, como si esa hubiese sido su intención desde un comienzo. Recién cuando se enderezó tomó conciencia de que su libre albedrío había sido violado y que ahora estaba a escasos metros de YHWH, rodeado además por la turba a quienes había humillado momentos atrás.

Noviembre 12, 1983

Canaán se hallaba frente a frente con Dios, en una de sus facetas más vengativas. El todopoderoso había dado clara muestra de su poder, al obligarlo a bajar de la torre con el simple mandato de su voz. La tribu entera fue rodeando al hijo de Irg, quien se mantenía inmóvil mirándolos con rencor.

En su espalda todavía llevaba, colgando de la bandolera, dos juegos de pértigas, largas y cortas. Todas ellas eran aptas para encender fuego, pero no era factible que sus enemigos le permitiesen subir nuevamente o encender más brazas. Se hallaba indefenso.

No obstante, el azar continuaba a su favor. YHWH enfatizaba la importancia del ejemplo y la diseminación del mensaje moral entre los leales. Había conseguido domesticar a los líderes, como era el caso de Noé, y ahora era el momento apropiado para adoctrinar a los individuos.

Canaán sería un ejemplo. Nada más coercitivo que la sentencia del juicio divino.

YHWH ordenó a sus acólitos que mantuvieran la distancia, los que obedecieron a regañadientes, ansiosos por cobrarse el saldo de la destrucción del viñedo. El toro giró en dirección de Canaán y le habló sosteniéndole la mirada: "De acuerdo con la Ley, te encuentro culpable. Has desobedecido mis mandatos y por eso serás castigado." El acusado no replicó.

El animal cabalgó hasta la periferia del patio, junto a los restos de la primera muralla. Desde allí tomó carrera y envistió contra el nieto de Noé, el cual retrocedió por acto reflejo. Pero de inmediato entendió que nunca conseguiría rebasar a su enemigo en velocidad, y permaneció en el lugar frustrado ante la falta de alternativas. Los cascos en las patas de la bestia hacían retumbar el terreno en un simbólico conteo regresivo, cuyo resultado ninguno de los presentes ponía en duda.

La certeza de la muerte próxima y la certidumbre de que el canalla se saldría con la suya lo enloquecían. Era el final del trayecto, sin más opciones a las que echar mano. Incluso si sobrevivía la embestida de las aspas, el fuego entre ellas lo abrazaría...

El fuego entre ellas.

Una aventurada idea apareció en su cabeza. Extrajo de la mochila la pértiga de mayor extensión y se plantó en posición ofensiva, simulando presentar batalla, mientras aguardaba a que YHWH se encontrase a la distancia apropiada. Tenía una vaga noción de lo que quería realizar, pero esta dependía de que su rival no anticipase sus movimientos. Debía arriesgarse y aguardar hasta último momento.

Cuando el toro inclinó la cabeza para apuntar la cornamenta, Canaán dio dos pasos hacia delante y clavó el madero sobre el suelo. La pértiga actuó como garrocha y con su ayuda saltó tan alto como las piernas y brazos le permitieron, mientras el bovino pasaba por debajo sin alcanzarlo.

Cuando el monstruo comprendió que había fallado la estocada se volvió hacia atrás. Canaán aprovechó y sin darle margen para completar el giro le propinó un bastonazo en el medio de la cabeza. El golpe no causo daño, pero allí la corona de llamas contagió la punta de la pértiga, y un fuego fatuo estalló frente a los ojos de Dios.

YHWH reculó sorprendido, en parte por el ingenio del sujeto, pero además por el comportamiento de la corona de fuego. Esta no era el simple producto de la combustión, sino por el contrario la representación de una de Sus Fuerzas Trascendentales, algo que traspasaba los límites de la realidad convencional. La había denominado *cinesia*, el movimiento constante. Otros posteriormente la conocerían como *Verbo*. La flama sustraída era la representación en el plano físico de una facultad extraterrenal. Sin percatarse, Canaán había encendido la primera antorcha metafísica de la historia.

Los hijos de Dios heredaban la facultad de poder manipular dichos atributos, heredados como legado de su padre celestial, pero YHWH no esperaba —al haber renunciado a su omnisciencia milenios atrás- que dichas habilidades se manifestaran tan pronto. Saboreó aquella sensación a desconcierto, y el gusto a riesgo que traía aparejado.

El guerrero retrajo su arma una vez que cogió candela. Luego hizo acopio de fuerzas y se lanzó hacia adelante, acompañando el salto con un segundo ballestazo que impactó en el mismo lugar y abrió la carne del toro, haciéndolo mugir de dolor.

Y en el otro extremo del mundo, en el fondo de una fosa sumergida en el océano, el esqueleto intacto de una enorme Serpiente era agitado por las corrientes marinas. A causa de esto un observador poco atento confundiría el constante meneo de la quijada con una risa enferma y desbocada.

El animal retrocedió vacilante. Incrédulo frente a otra nueva experiencia, echó a correr. Por primera vez en toda la eternidad, Dios estaba tentado de acceder a su omnisciencia, capacidad que había vedado, pero no perdido. El orgullo del desafío evitó que lo hiciese. Por el contrario, decidió doblar la apuesta y continuar en las mismas condiciones.

El toro se hallaba demasiado lejos para ser alcanzado, pero había cometido el descuido de posicionarse en el peor lugar posible. Canaán extrajo de su bolso una antorcha corta y la acercó a la que ardía en la mano contraria. Vaciló por un instante, evaluando las consecuencias de lo que planeaba. Pero decidió que, si quería ganar esta pelea, debía estar dispuesto a todo sin miramientos.

El guerrero arrojó la antorcha corta hacia el cielo, la cual fue dando giros hasta invertir la dirección y caer a las espaldas de YHWH, sobre una de las charcas de brea negra. Este volteó para ver como el madero alcanzaba la superficie del fluido, mientras a su espalda Canaán se echaba al piso.

La explosión subsecuente arrojó a todos contra el suelo. La reacción en cadena fue esparciendo el incendio fuera de control a través de las viejas canaletas que cruzaban el patio, y en segundos otras detonaciones dieron comienzo. Cuando el calor llegó hasta la torre, el adhesivo que unía las piedras —compuesto de petróleo también- comenzó a calentarse y emitir las primeras llamas.

Noé y sus hombres, quienes hasta el momento permanecían como espectadores, se derrumbaron víctimas de las ondas expansivas. Para cuando lograron ponerse en pie todo el complejo estaba incendiándose, envolviéndolos en un humo negro y denso que se elevaba con lentitud. Tanto lo que quedaba del viejo laberinto como la misma fortificación se transformaron en una trampa mortal.

Los guerreros huían despavoridos. Muchos se arrojaban contra las llamas en su desesperación por escapar. Otros se paralizaron, y clamaban el nombre de YHWH o el de Noé en busca de auxilio. En simultaneo el fuego iba copando los conductos que conectaban con el yacimiento debajo de la torre, y la presión hizo surgir una columna de fuego por la parte superior, que como un volcán bullente regaba llamas y brea caliente en todas direcciones.

Noviembre 19, 1983

Solo YHWH se mantuvo impávido ante el alboroto. Fue el único que pudo resistir los embates del entorno, y comenzó a mutar su forma física por una más acorde. Haciendo caso omiso a los pedidos de socorro se dirigió hacia el hijo de Irg, que yacía tendido en aparente inconsciencia.

Nunca había conocido a alguien tan merecedor del título 'hijo de Dios'. Aquel ser extravagante, primitivo, había conseguido lo hasta entonces impensable. Su admiración no apaciguaba su justa ira, pero deseó poder intercambiar unas palabras con él antes de emitir su juicio.

Después de todo, esto era para YHWH apenas un ejercicio, un entretenimiento. ¿Qué daño podría causarle Canaán a su eterna presencia? El fuego solo había lastimado a su avatar, a su representación en este plano de la existencia. Él no era un toro; en su forma real, era el número infinito de todos los toros imaginables, el toro perfecto.

YHWH dio por terminado el juego, y adquirió su apariencia más usual, la de un ojo enmarcado en un triángulo de luz. La anatomía divina estaba compuesta, en el ángulo superior, por una ignición constante, la representación misma de la Idea en nacimiento. En la punta derecha ardía la llama del Verbo, que antes había ensalzado la cabeza del avatar. Y del lado opuesto se encontraba La Palabra, un alfabeto perfecto comprimido en un solo símbolo, capaz de albergar con total detalle cada concepto comprensible, imaginable o indescriptible.

Su nuevo cuerpo se mantuvo flotando imperturbable, y la gigantesca pupila en el medio de la figura observaba con indiferencia como los yahvistas rezagados perdían el conocimiento o morían asfixiados. Notó que Noé no estaba entre ellos.

YHWH fue el que es y será por toda la eternidad: Omnisciente, Omnipresente, Todopoderoso. Al asumir su estado natural, predeterminó todos los posibles futuros, desde aquellos donde castigaba la osadía de Canaán hasta otros donde admiraba su ingenio y lo perdonaba. Sintió el alivio que produce conocer con anticipación, y la clarividencia le mostró el modo en que el rebelde batallaría inútilmente una última vez, y luego se supo reinando por siempre, soberano. Porque, aunque no pudiese ser admitido en voz alta, por un breve instante la situación lo había inquietado. Ese primate había conseguido lo que nadie ni antes ni después volvería a hacer. Pero la contienda había acabado y tenía un claro vencedor.

Se desplazó hasta arrimarse junto a él. Lo encontró en cuclillas, respirando con dificultad. El peso del humo empujaba el oxígeno hacia abajo y lo obligaba a permanecer postrado sobre sus piernas, robando aire con bocanadas intermitentes. En su mano derecha aferraba la lanza en llamas, señal que todavía no tenía intenciones de rendirse.

El Señor le habló: "No puedes herirme, ni cambiar el resultado de lo que habré de escribir con mis palabras. No existe filo que pueda cortarme, ni maza capaz de hacerme mella. Inútil es que blandas tu arma. Bájala y conversa conmigo."

"Pero se honesto" –añadió- "Nada puedes esconder de Mí. Puedo verte a través del tiempo y la razón, pero escojo apreciar la sinceridad en tus labios. Muéstrate en sumisión y explícame que esperabas conseguir con todo esto."

Sin levantar el rostro, Canaán ignoró el pedido y guardó silencio. Fue entonces que YHWH debió indagar en el pasado, desde su infancia hasta la quema del viñedo.

Un momento en particular llamó su atención. Era de noche. Canaán se encontraba de pie junto a los restos de una fogata. A sus pies se hallaba tendido el cadáver de un lobo, y por entre los restos de su cráneo partido se erguía un báculo de madera. Una vaga refulgencia, proveniente de las brasas dispersas alrededor, había ahuyentado al resto de los animales que lo rodeaban unos momentos antes. A todos, menos a uno.

Canaán sintió una presencia a su espalda y desclavó la lanza. Giró sobre sus talones y encontró una larga serpiente blanca reptando en su dirección. La criatura cargaba a cuestas un lánguido bonsái níveo sin hojas ni frutos, anudado a su torso con lianas de árbol. Se detuvo a una distancia prudencial e irguiéndose con propiedad, tomó la palabra:

"Si aun deseas revancha, tengo una propuesta para hacerte.", dijo.

YHWH adelanta la historia y se detiene en una noche diferente, donde la Víbora del Edén le confía a su nuevo socio que, mucho tiempo atrás, él en persona puso el recuerdo de los primeros asesinos de hombres –los tigres dientes de sable- entre los instintos de su especie, con el fin de que evitasen a los sirvientes de YHWH hasta tener el poder para revelarse. No aludió el modo en que lo hizo –forzando a Eva a mantener relaciones sexuales[7]-, tal vez por considerarlo irrelevante, o quizás por temor a ser incluido en la vendetta personal de Canaán.

---

[7] Nota del Editor: Véase la Carta Primera del Evangelio de Canaán.

(Esto, creo, es el origen de los sueños que me han permitido contar esta historia[8]. Las tablas aparentan ser el interruptor de un mecanismo que activa una memoria ancestral, adherida a nuestros genes millones de años en el pasado. Es por lo que los descendientes de Eva somos capaces de intuir la presencia de los sirvientes de YHWH, aun sin tener evidencia sensorial directa, y es por dicha causa que reconocemos intuitivamente la importancia de respetar el Sabbath.)

De cualquier manera, esto revela el motivo de la recurrente rebeldía contra YHWH, auténtico autor intelectual de la caída del Adán. La Serpiente grabó entre los ancestrales mandatos de nuestra especie aquella memoria imprecisa, recuerdo de la primera injusticia ejecutada contra nuestra raza.

La historia continúa en la caverna de Eva, y Dios observa como el reptil instruye a su discípulo en el arte del habla. Esta sabe que aquel cerebro primitivo no tendría la destreza para la locuacidad hasta dentro

---

[8] Nota del Editor: El autor refiere a su experiencia personal durante la traducción de los documentos del cuneiforme al español, narrada en las primeras dos cartas del Evangelio de Canaán.

de muchas generaciones, pero atesora la esperanza de que consiguiese manipular algunos conceptos básicos mediante la repetición obstinada. Le enseña utilizando un lenguaje didáctico, basado en un abecedario limitado, pero aun así le toma casi tres años aprender la noción de imposibilidad lógica. Y abarca cinco más adiestrarlo en el uso de las letras en el idioma divino que representa tal conceptualización.

Noviembre 26, 1983

Sobre la palabra y su rol en la trinidad.

Como se ha mencionado con anterioridad, Dios puede reducirse a una trinidad de partes cuya simultaneidad define la totalidad del concepto. Por un lado, está la Idea, el acto creativo basado en el conocimiento absoluto. Del otro lado está el Verbo, la capacidad y la voluntad ilimitadas para afectar el entorno. Una analogía apropiada –aunque mediocre- describiría a la primera como la 'mente' de dios, mientras el segundo seria su 'músculo'. Pero es el tercero en el que quiero concentrarme.

El lenguaje es una herramienta única, capaz de acceder a generalidades que ninguna mente puede entender. Mediante su influencia nos es cognoscible conceptos tales como 'infinito', 'perfección' o 'eternidad', los que utilizamos coloquialmente, aunque no seamos capaces de abrazar con nuestra razón todo lo que comprenden.

Dentro de los parámetros de sí mismo, en el universo de lo lingüístico, la lengua es lo que podría llamarse omnipotente. Es capaz de trascender los límites de nuestra imaginación, y puede describir cosas que la misma lógica no concibe, o que el propio universo desmiente. Como revela la 'paradoja del mentiroso', el problema clásico de la filosofía griega, ni siquiera la lógica puede contener todo lo que la palabra es capaz de abarcar. Si indico que "Esta oración es mentira", la contradicción no deja de ser comprensible por ser tal, si bien es incompatible con la realidad:

Si esta afirmación es verdadera, entonces lo que dice es verdadero. Pero dado que la oración afirma que es falsa, entonces debe ser falsa. Por tanto, si es verdadera, alcanzamos una contradicción.

Si, por el contrario, la oración es falsa, entonces lo que afirma es falso. Pero puesto que afirma que la oración es falsa, entonces la oración debe ser verdadera. De nuevo, si en efecto la sentencia es falsa, se alcanza una nueva contradicción. Como se mire, la oración es una violación de la ley aristotélica de Tercero Excluido que predetermina la existencia, donde algo es o no lo es, sin otra alternativa.

Similar es decir que nada es imposible, ni siquiera lo imposible. El uso del lenguaje habilita que entendamos tales contradicciones. La existencia de la Palabra es la prueba de que fuimos apadrinados por un ser supremo en cuyo legado se encuentra tan formidable instrumento.

Canaán se incorporó de un salto e interpuso el báculo ardiente entre YHWH y él. En la punta de la vara, camuflado entre las acrobacias de las flamas, el primate había colocado los frutos del Árbol del Conocimiento. El extraordinario arbusto que reposaba sobre la fogata en el pináculo de la torre era el último de su clase en existencia. La Serpiente había robado una de sus semillas del Jardín del Edén y crecido uno propio a espaldas del Creador, quien resolvió destruir el original luego de que Adán y Eva probaron de sus frutos[9]. Los mismos poseían propiedades metafísicas que solo podían accederse mediante el lenguaje divino; desconocido para la mayoría, en su interior se hallaban las centellas del Verbo, ceremonialmente atrapadas en las alegóricas carcasas. YHWH colocó parte de su esencia en su creación, igual que lo hizo con los seres humanos.

---

[9] Nota del Editor: Véase la Carta Primera del Evangelio de Canaán.

Canaán abrió la boca y su lengua se vio deformada, producto de las labores de su cómplice. Al igual que con sus cuerdas vocales, el mítico animal había alterado la fisonomía de su discípulo de manera muy rudimentaria, a fin de que consiguiese la entonación apropiada. Haciendo uso de esto, el hijo de Irg pronunció entonces dos vocales y una consonante del idioma celestial, que en el dialecto terrenal significaría *square circle*.

El primer Fruto del Conocimiento se abrió y la flama de la antorcha chisporroteó, adquiriendo la forma incomprensible de un perfecto *círculo cuadrado; un lugar geométrico de los puntos del plano cuya distancia a otro punto fijo, llamado centro, es menor o igual que una cantidad constante, pero con 4 lados que miden lo mismo y son paralelos dos a dos, teniendo los 4 ángulos internos 90°.*

El tiempo y el espacio se curvaron en ese lugar, alojando aquella abstracción del lenguaje hecha realidad. La presencia de aquella figura geometría imposible, de curva constante y cuatro lados enfrentados, construida por el fuego divino, abría paso a un nuevo universo de posibilidades, donde lo irrealizable pierde su definición y los deseos carecen de prohibiciones.

Canaán había entrado en la dimensión de Dios; el futuro escrito se hizo añicos, y las acciones cometidas empezaban a reescribir el destino. Si el lenguaje humano puede describir cosas que ni la lógica concibe, el lenguaje de Dios además puede volverlas realidad.

Canaán acercó el símbolo ardiente hasta su rostro y sopló a través de él una sentencia en el idioma divino que la Serpiente le había enseñado, pero que era ella misma era incapaz de recitar, siendo La Palabra Sagrada atributo exclusivo de YHWH y sus hijos, únicos capaces de la divinidad.

La segunda Semilla floreció y la figura en la antorcha se convulsionó e incrementó su tamaño, como si el aliento de Canaán fuese combustible. Una gigantesca bocanada de fuego emergió de la antorcha y abrazó al triangulo de luz, consumiéndolo de inmediato, para luego evaporarse en el aire.

Pero aun resonaba en el ambiente el encantamiento pronunciado, un rezo que trasladado a nuestro lenguaje diría algo como esto:

"Dios no existe."

El totalizador absoluto, la sumatoria de todo poder, fue víctima de su propia herramienta. La Palabra, que una vez dictaminó *"Sea la luz"*, esta vez estuvo sujeta a la voluntad de Canaán y deshizo el ser del YHWH, quien dejó de existir sin dejar rastro de su anterior presencia. El guerrero le había vuelto sus propias armas en contra y Dios había dejado de ser.

Diciembre 3, 1983

Luego de la muerte de YHWH, los sobrevivientes de la batalla en las ruinas de Babel volvieron al poblado por sus familias y rompieron la formación social predominante hasta entonces –basada en la Ley Yahveica- dividiéndose en diversos grupos. La gran mayoría buscó el liderazgo de Canaán y partieron siguiéndolo en su búsqueda de nuevos territorios bajo el nombre de Canaaitas. Se insinúa en las tablas que fueron estos quienes poblaron el resto del territorio africano y parte de lo que hoy se conoce como Medio Oriente.

Lo que contaré a continuación no aparece mencionado en las tablas, pero si en mis sueños: siguiendo las ordenes de Canaán, los adeptos regresaron a Babel para rescatar el último Árbol del Conocimiento de entre sus escombros. Los más competentes entre ellos se dedicaron a estudiar los vocablos del lenguaje divino y desarrollar dicha lengua, formando una suerte de 'credo' en torno al Alfabeto de Dios. No puedo confirmar la veracidad de este epílogo, pero lo considero factible.

Los leales al antiguo orden permanecieron junto a Noé y su hijo Sem. Escaparon junto al legendario monarca antes de que Canaán decidiese volver para saldar antiguas enemistades. Recogieron sus pertenencias y emigraron tan al norte como les fue posible, hasta que la aparición del Mediterráneo se transformó en un obstáculo insuperable. En este lugar asentaron una ciudadela, y el familiar del patriarca fue puesto a cargo de su administración.

Reluctante al comienzo, Sem aceptó la responsabilidad una vez convencido de que Noé no tenía apetencia alguna por el poder de mandar sobre otros. El ex monarca permaneció en reclusión durante varios meses, y poco hizo por la edificación de donde a partir de entonces vivirían. Su hijo fue el único contacto que mantuvo con el exterior durante ese periodo, pero pasado algún tiempo su naturaleza le ganó al orgullo y acabó por sumarse al resto de sus compatriotas.

La cercanía al mar lo motivó a practicar nuevos pasatiempos, y junto a algunos de sus camaradas emprendieron la tarea de perfeccionar una práctica ignota por entonces, la navegación. Uniendo troncos y lianas, Noé fue el primer homo en circunnavegar y más tarde poblar una pequeña isla hoy desaparecida, llamada Arca.

Las restantes facciones siguieron diferentes rutas, poblando con el tiempo el resto del mundo.

Diciembre 10, 1983

Ahora bien, el pasaje que finaliza la Historia me genera un profundo desconcierto, y solo la suspicacia me permite inferir en la naturaleza del asunto:

"Y los Canaaitas persiguieron tanto a los partidarios de YHWH como a sus enemigos, hasta expulsarlos por completo de la tierra de Koobi Fora."

¿A quiénes se está haciendo referencia? Si los seres humanos conforman la descendencia natural de YHWH, ¿Quiénes son los 'partidarios' y los 'enemigos'? La dispersión de las tribus en diferentes direcciones es indiscutible. Según la crónica cada grupo siguió su rumbo sin interferir con los otros y por tanto es normal desprender que no es una mención a los yahvistas. ¿Pero entonces, quien más queda?

Entre los adversarios imagino que se encuentra la Serpiente, cuya naturaleza no puedo identificar con claridad pero que era, obviamente, un ser de poderes similares –aunque en diferente proporción- a los de YHWH. Casi temo decir la palabra… ¿Demonio, quizás?

El texto sugiere la presencia de su cadáver en lo profundo del océano, pero resulta difícil creer que un ser de tal ingenio, luego de urdir una estratagema durante millones de años, haya muerto justo cuando está a punto de verla concretada. En mi opinión su aparente deceso es solo un ardid.

Por otra parte, solo imagino una alternativa a la cual apelar para identificar a los aliados de YHWH. Los únicos seres creados como acompañantes de Dios, pero no a su imagen y semejanza. Los habitantes de la Ciudad de Plata mencionada en la primera tabla, obedientes incondicionales de los mandamientos.

La tradición musulmana los describe como seres extraordinarios que actúan de mensajeros o guardianes, pero sin el albedrío para desobedecer la Ley, ya sea para vestir poliéster o ingerir determinados alimentos. Forzados a respetar el incondicional Sabbat y sin la autoridad para acabar con una vida por mano propia. Auténticos prisioneros de su naturaleza sobrenatural, pero con muchos, sino todos, los medios divinos a su disposición.

Luego de mucho meditar al respecto, he comenzado las pesquisas necesarias para determinar fehacientemente la historicidad de las tablas. Pronto partiré a donde creo se encuentra todavía presente la Caverna de Eva, la única prueba arqueológica remanente tras la desaparición de Babel. Sé que comprenderá por qué no abundaré en detalles respecto a las escalas y locaciones de mi inminente excursión.

La naturaleza humana es más fuerte que los argumentos en su contra, me temo. Creo que estaré bien, siempre y cuando no llame la atención de la mirada implacable que tengo el convencimiento existe y nos vigila. No sé de cuál de estos dos grupos debería guardarme con mayor precaución, pero no creo que ninguno de ellos esté interesado en permitirle saber a la humanidad que podemos ser artífices de nuestro propio destino, y que nada, nada, nos es imposible. Ni siquiera lo *imposible*.

Aquí me despido, estimado lector.

Cuídese.

Fin.

Federico Rodríguez

La Era del Hombre

Federico Rodríguez

LA CRÓNICA DEL FUEGO

Fecha: diciembre 25, 1983.

De: Ambrosio Laampros.

A: Estudio Jurídico Morgan&Freeman.

Sujeto: Adendum.

Diciembre 25, 1983.

Tiempo después de ocurrida la quema de los tomos originales, junto con la mayor parte de los herejes que escribieron sus párrafos, los estudiosos sobrevivientes de las sucesivas masacres buscarían refugio en el anonimato compartido, acordando un pacto de silencio y aislamiento que engañaría a sus perseguidores y los mantendría a salvo de posteriores represarías.

Cada uno de ellos estaría obligado a legar el conocimiento del Credo del Fuego a un familiar directo de confianza, con la esperanza de que la tradición lo acarreara hasta mejores tiempos, donde el saber perdido pudiese documentarse en forma apropiada. La premisa fue tan sencilla

129

como efectiva, pero no libre de ramificaciones y consecuencias. La falta de contacto entre ellos impidió advertir el devenir de una sugerente racha de fatídicos episodios, casuales en apariencia, pero premonitorios para quienes, igual que yo, conocemos el andamiaje secreto que constituye la historia del mundo.

La calamidad encontró a los custodios del legado como a corderos distraídos. Aunque consiguieron eludir a sus perseguidores en posiciones de autoridad, las familias descendientes de los estudiosos de Constantinopla y Heliópolis parecen luego coincidir con puntualidad en las sangrientas inflexiones de cada periodo histórico, después de lo cual sus apellidos desaparecen del recuento histórico. En marzo de 1943, es la pequeña villa de Khatyn, Rusia. En junio del 1900, Beijín. En septiembre de 1793, Paris.

La variedad de trágicos eventos donde las genealogías son erradicadas vuelve imposible organizar un patrón, dilucidar la sistematicidad de un plan más coherente que la mera coincidencia, ni mucho menos hallar un responsable capaz de poner en marcha tamaño complot. Sin embargo, hasta el iletrado más obtuso encontrará que el resultado obliga a la suspicacia. Durante los milenios siguientes a la fundación del Credo, setenta y dos linajes se verán envueltos en sitios de ciudades, sorpresivas revueltas, hambrunas y descabelladas conspiraciones que los conducirán ineludiblemente a la muerte. Los cortes se muestran abruptos. Y en la mayoría de los casos, en el apogeo de sus vidas. Ninguno perece en el lecho, producto de una enfermedad o de edad avanzada. Castas enteras son extinguidas en el transcurso de una noche o una semana; familias de docenas de individuos compartiendo un mismo apellido, dispersas a lo largo de los cardinales del globo terráqueo, se esfuman sin dejar sobrevivientes en el curso de un año. Antes de terminar el décimo cuarto siglo de la Era Común, la sabiduría impresa en los manuscritos originales había desaparecido en su totalidad. Para mediados del Siglo XX, ni los resabios del folklore o las tradiciones filiales hubieron de sobrevivir.

La genealogía de los Lampros fue la excepción, los únicos capaces de eludir el aparente mandato de extinción. Los susodichos contrabandearon hasta el presente los únicos manuscritos que prueban la existencia de la agrupación.

El progenitor emigró de la provincia egipcia de Phhoenice a Constantinopla alrededor del año 672 de la Era común. Conocido por el nombre de Kallinicos, arquitecto de profesión, es mencionado en las crónicas de Theopanes como la figura que introdujo mejoras técnicas a las ya existentes armas incendiarias que el imperio Bizantino utilizaba para repeler a las fuerzas musulmanas que amenazaban conquistar la capital.

Dichos agregados, tanto en el armamento al igual que en la manufactura del explosivo, fueron revolucionarios para la época. Su producción se volvió secreto de Estado, y la reputación del inventor adquirió el prestigio acorde. El conocimiento que Kallinicos brindó al imperio le concedió una variada gama de privilegios, los que no dudo en utilizar para formar una sociedad secreta en el seno del poder político contemporáneo. Esta agrupación, inexplicablemente conformada por estudiosos de todas las áreas del quehacer humano, tenía por finalidad indagar en la naturaleza de un solitario objeto de estudio, al que denominaron 'fuego griego'. Dicho objeto, cuya variante armamentística es su versión más conocida, no parece requerir filósofos, dramaturgos o historiadores para su desarrollo, y por ello el criterio de elección de los miembros continúa intrigando a los estudiosos. El celo con el que se protegió todo lo relacionado al ente y su militarización hizo que en la actualidad poco se conozca, pero mucho se especule, sobre su procedencia o composición.

Los historiadores convencionales consideran que el uso de este armamento fue la razón principal por la cual los consecutivos oleajes musulmanes fueron repelidos durante los repetidos intentos de sitio a la mencionada ciudad, conocida en el presente como Estambul. Las crónicas navales dan apropiada cuenta del misterioso fuego que ardía sobre las aguas del Bospurus, hundiendo embarcación tras embarcación, calcinando a los invasores aun por debajo del agua.

Lo que pocos saben es que el mismo Kallinicos, en cuerpo y presencia durante las batallas, fue quien hacía uso del formidable aditamento secreto que le daría al 'fuego griego' su posterior reputación en la mecánica beligerante. Dicho elemento no le era confiado a nadie ni dentro ni fuera de la sociedad clandestina, y es por dicho motivo que todo lo que existe del tema son vagas conjeturas y erradas especulaciones. La verdadera razón de tal reserva, que yo mismo solía atribuir a la oriunda clandestinidad de las tácticas militares, se me reveló al hallar el conocimiento vedado que el arquitecto solo confió a su hija, justo antes de morir. La jovencita eludió a sus perseguidores y posteriormente lo trasfirió a sus hijos, dando comienzo a la tradición mencionada.

Al adquirir dichas enseñanzas, entendí que no fue arbitraria la selección de participantes en la logia secreta, cuya variedad de profesiones, desde la lingüística y la metafísica hasta las ciencias naturales y la matemática, no parece guardar relación con la producción armamentística.

La convocatoria tenía un propósito diferente. Con la característica sabiduría demostrada a lo largo de toda su vida, Kallinicos eligió esconder un secreto debajo de otro, con la esperanza de que el eventual develamiento del primero evitaría una subsecuente profundización. Las aplicaciones bélicas fueron meros artefactos de transacción, mediante los que obtendría la financiación necesitada, y dichos recursos se destinaron a la investigación de la fuente de la cual el 'fuego griego' provenía.

Si bien los detalles permanecen perdidos en el pasado, los documentos en mi posesión demuestran que Kallinicos adquirió dicho artefacto de un allegado de confianza, durante su juventud. El sujeto, un guerrero árabe referido en los textos tan solo como "el domador de serpientes', fue quien le obsequió el peculiar arbusto de cuyos frutos extrajo el compuesto para sus armas. Y fue el prematuro deceso de su amigo y confidente, en manos de los asesinos enviados por un Califa local, allá por el año 669, lo que posteriormente provocó su hermetismo y paranoia.

Kallinicos fue eliminado junto con la orden de pensadores que creó. Pero su familia, junto con otros eruditos con quienes colaboraba, pudieron escapar dicha suerte y es así como la creencia y el linaje originados por el inventor han llegado hasta nuestros días, anhelantes de nuestra pertenencia. Mi apellido es Ambrosio Laampros, descendiente directo del inventor de Constantinopla, y mi herencia es el árbol de frutos llameantes, el genuino poder causante del fuego griego.

Por interminables generaciones, la transcripción de la Junta de Constantinopla ha sido la herencia de cada varón en mi familia tras cumplir la mayoría de edad. El cuerpo de magistrados estuvo a cargo de incautar las posesiones personales del arquitecto y desbandar al Credo, cuando las acusaciones de herejía y ateísmo amenazaron con fomentar múltiples rupturas en la oligarquía gobernante. Este recuento del procedimiento judicial es el único en existencia, y es evidencia fehaciente de la existencia del Credo del Fuego.

El documento, que ha sido solicitado en forma incansable por museos e historiadores independientes -por motivos sin relación con el tema en

135

cuestión- se halla en mi posesión. Para apaciguar a las turbas doctas, les he facilitado facsímiles tan parecidos como falsos, elocuentemente adulterados para eludir las preguntas inherentes. Espero que la posteridad perdone mi conducta, pero puedo garantizar que la razón del engaño no es caprichosa. Porque, aunque algunos supongan paranoia en mi accionar, estoy convencido que la mera mención en público de la vida de mi ancestro alertaría a las fuerzas que han sistemáticamente eliminado a las descendencias, siempre bajo el velo de la casualidad.

Que lo dicho no se preste a confusión, ya que pretendo volver mis hallazgos oficiales. Pero debo proceder de tal modo para que el saber no pueda suprimirse. Si he de morir en una de esas casuales calamidades que nos ocurren a los descendientes del Credo, y mis escritos cercenados por fortuitas e imprevisible llamas, al menos desearía que el conocimiento continúe inspirando a otros. Alentándolos a indagar en la naturaleza de una conspiración que, aunque soy incapaz de demostrar, tengo el convencimiento existe.

Como he mencionado, el manuscrito es el único alegato sobre los últimos días de Kallinicos, luego de ser traicionado y encarcelado por la burocracia bizantina a la cual encumbró en el poder. La primera declaración, la cual abreviaré, es narrada por uno de los carceleros a cargo de su confinamiento, frente a la Junta que durante días pretendió extraer el secreto del Fuego Griego a la fuerza:

""Con mi muerte, próxima e inevitable, se completa el círculo trágico que nos envolvía. Pero me retiro con la convicción de que el Saber y su peligrosidad se sofocarán conmigo." -rezaba el escrito sobre la pared junto al camastro de su celda, Su Excelencia. Encontré su cuerpo al llevarle la cena, yaciendo en la cama sin hálito de vida, con la tez blanquecina por el desangramiento, tras cortarse su propia lengua con un trozo de roca desprendida del muro."

El segundo testimonio, cuya autoría pertenece a un antiguo rival político de Kallinicos, demuestra el alcance de la confabulación contra el arquitecto. Al perder el favor del Emperador, la comisión no titubeó en colocar a un acérrimo contrincante a cargo de la investigación, quien ofició como indagador -torturador, si eliminamos los eufemismos- en busca de respuestas. Este agrega en su declaración:

"A efecto de entender lo escrito en aquel muro, Honorables Jueces, incluiré en mi relato la naturaleza hereje de sus actos, aunque los encuentre repugnantes y contrarios a las escrituras, y por ende indignos de mención. Pero tal es mi deber ante esta Ilustre Cámara.

En vida hemos sido rivales; las astucias con las que Kallinicos influenciaba al Emperador nunca me pasaron desapercibidas, y en repetidas oportunidades resolví, públicamente, en su contra. Su resistencia a formar parte del cuerpo de Cristo era inadmisible en un funcionario gubernamental con un rango tan elevado; fomentaba la desunión y atentaba contra los principios del imperio, –sometido al interminable asedio de la herejía mora, quienes carecen de nuestra tolerancia y no vacilan en convertir discípulos por la fuerza- y en más de una ocasión le expresé mi desaprobación por tal comportamiento.

Pero nunca puse en duda su sabiduría ni su lealtad, y si hubiese compartido el secreto que le hace compañía en la tumba, en persona me hubiese asegurado de que nunca sufriese un destino como el que se deparó a sí mismo.

Su contribución a la gloria del imperio es innegable, y debo admitir que temo lo que depara un futuro sin las invenciones y argucias de su autoría. Pero tales hazañas militares solo tienen sentido a la luz de las leyendas que lo circundaban, y la hechicería que, por motivos de imperiosa necesidad, preferimos ignorar.

Aun cuando las crudas voces plebeyas, en busca de guia moral por parte de sus líderes, apuntaban sus dedos y gritaban ¡brujería!, nosotros guardamos silencio.

Incluso cuando nuestros soldados, batallando con valentía a los invasores sobre las cubiertas de los navíos, presenciaban como Kallinicos ejecutaba las artes prohibidas, forjando hechizos y hablándole al fuego, preferimos eludir la evidencia. Llegamos a celebrar cuando los sucesivos prodigios viraban los encuentros en nuestro favor, como si las prohibiciones en los evangelios a dichas prácticas fueses opcionales.

Fructíferos resultados eclipsaron las enseñanzas de los apóstoles y los mártires, sin que nadie recalase en el precio que pagaremos por nuestra idolatría. Para nuestra eterna vergüenza, privilegiamos la posesión de un poderoso aliado en detrimento de los métodos que utilizaba. Nuestra debilidad conlleva un precio que habremos de pagar tarde o temprano, les aseguro. Cualquiera sea el caso, fuese un genio o un brujo, el Emperador agradecía su alianza y creatividad.

Hasta que llegó el día del juicio, y la providencia nos otorgó la oportunidad de redimirnos, no solo como creyentes, sino como nación; uno de los sirvientes de confianza de Kallinicos, bajo mis ordenes, entró en su claustro con el fin de retirar una muestra del misterioso componente que transformaba la munición de nuestros cañones en irresistible. Mi intensión, espero nadie dude, fue romper la dependencia del imperio de su hombre que no compartía nuestra fe.

¡HORROR!, eso halló el plebeyo, horror. Ni al perder sus manos permutó su testimonio, ni al ver caer su pierna amputada de la mesa de confesiones. Sometí al sirviente a toda clase de medidas punitivas para asegurarme que estaba contándonos la verdad. Y puedo testificar, con mis propios ojos, que recibió el filo de mi daga en su vientre como una bendición, convencido de dirigirse a un lugar mejor que en el cual nosotros acabaremos, por la clase de pactos diabólicos que realizamos en nombre de ganar la guerra.

El plebeyo se introdujo en el aposento privado de Kallinicos durante la noche. Por debajo de la puerta, nos contó, se veía la potente luz de varias antorchas, pero él sabía que Kallinicos se encontraba en presencia del Emperador en aquel momento. Siendo que nadie más estaba permitido de entrar, erróneamente presumió el cuarto vacío y forzó su entrada, desactivando los mecanismos de seguridad del modo en que yo le había enseñado.

En el interior del cuarto sin ventanas, solo había una mesa y un camastro. Con la puerta a medio abrir, el sirviente notó que las antorchas pendiendo de los muros estaban apagadas, y decidió introducirse para localizar el origen de la luz. Y con terror y asombro fue que encontró la visión de habría de perseguirlo hasta mi mesa de confesión.

Sobre el mostrador de madera había un pequeño arbolillo en miniatura, del tamaño de un animal doméstico. De sus ramas pendían frutos que emitían el fuego que alumbraba el cuarto. Sin embargo, las flamas lo no consumían, como sería sensato pronosticar. El mentecato creyó estar frente a la divinidad misma, igual que en la carta del Éxodo. Boquiabierto, se dejó caer postrado de rodillas, cual se hallase frente al arbusto ardiente de Moisés.

Pero cambio de parecer cuando vio surgir una gigantesca serpiente blanca por detrás del árbol; la diabólica criatura era el custodio que Kallinicos había comisionado para proteger la fuente de su hechicería. En esta instancia, la evidencia de la naturaleza satánica del asunto era incontestable. El plebeyo quedó paralizado por el pavor, y solo al escuchar la voz de la serpiente dirigirse a él fue que pudo romper el conjuro y huir aterrorizado del cuarto.

Apenas balbuceó la historia, escogí un pelotón completo y requisé el lugar. No hallé nada. Ni siquiera la escasa mueblería, lo cual exacerbó mi suspicacia. Luego de interrogar al plebeyo, quien no alteró una letra de su alegato original durante todo el proceso, concluí que la historia era verdadera."

Esto es todo cuanto se me ha legado sobre la captura, tortura y posterior defunción de mi ancestro. Su historia, y la de mi herencia, acabarían allí. Pero la fortuna, elusiva en cuestiones filiares, parece balancearse a mi favor en asuntos profesionales.

Como he mencionado, muchos facultativos han ambicionado acceso total a los documentos en mi posesión, y me han contactado con diversas pretensiones y atractivas ofertas. Pero pocos tienen la vislumbre para reconocer las falsificaciones que les envío, por lo que ni me molesto en contestar a la mayoría de su correspondencia.

El Sr. Copperplate fue la excepción. Eugenio, como el trato frecuente me permite llamarlo, subvirtió mis expectativas. Tras recibir las adulteraciones, reconoció el embuste de inmediato. Pero, por el contrario, eligió confiarme sus secretos primero, como gesto de buena voluntad, con la esperanza de aunar esfuerzos. Y en mi urgencia por demostrar lo que sé que existe, me vi forzado a confiar en alguien fuera del circuito de las descendencias. Por fortuna, mi franqueza fue recompensada no solo con las respuestas a los interrogantes, pero también con una incipiente amistad.

La primera carta que recibí de su parte contenía la copia de la única mención al árbol de frutos ardientes de Kallinicos, fuera de mis escritos. En vano traté, por décadas, de verificar su existencia mediante referencias cruzadas. Pero nunca las hallé. Eugenio no podría conocerlo, a menos que tuviese documentación relevante y se hallase en la dirección correcta. El cebo dio resultado y mi ambición me obligó a compartir mis documentos originales.

Su respuesta fueron una serie de fotografías, que muestran un texto escrito en cuneiforme, tallado sobre una deteriorada plancha de piedra, plagada de trozos faltantes y la herrumbre propia de los milenios. A pesar de mi falta de fluidez en el lenguaje sumerio, la mención al Árbol era clara. En los sucesivos mensajes, todos ellos escritos y enviados los sábados, Eugenio se tomó el trabajo de clarificármelo, y me confió un inaudito hallazgo arqueológico que obtuvo como herencia familiar, al cual dio por nombre el Evangelio de Canaán. El testimonio estaba compuesto de nueve tablas de piedra talladas en el idioma sumerio, el primero de la humanidad. Allí la historia, que antecede al Torá por miles de años, narra el inusual combate a muerte entre un hombre primitivo, Canaán, y su Dios, YHWH. En su tercera correspondencia, Eugenio ofreció otros detalles, hasta la irrevocable conclusión que ambos sospechábamos desde el comienzo:

"Según cuentan las tablas, Canaán se encontraba en pleno combate con YHWH, quien es mencionado por su título de creador del universo. En la punta del arma que sostenía había colocado los frutos del Árbol del Conocimiento, aparentemente los únicos capaces de causarle algún daño a la entidad. El extraordinario arbusto de donde provienen dichos frutos es idéntico al descripto en el testimonio del saboteador plebeyo que usted compartió conmigo. De acuerdo con el evangelio, La Serpiente del

Paraíso -referida también frente a la Comisión- había robado una de sus semillas del Jardín del Edén y crecido uno propio a espaldas de YHWH, quien resolvió destruir el original luego de que Adán y Eva probaron de sus frutos. Dichos frutos poseían propiedades metafísicas que solo podían accederse mediante el lenguaje divino, lo cual esclarece las referencias a Kallinicos 'hablándole al fuego". La leyenda dice que YHWH colocó parte de la esencia de la Santa Trinidad -Idea, Verbo, Palabra- en su creación, igual que lo hizo con los seres humanos. "way-yō-mer 'ĕ-lō-hîm, na-'ă-śeh 'ā-ḏām bə-ṣal-mê-nū kiḏ-mū-ṯê-nū"; "Y Dios dijo: hagamos a Adán en nuestra imagen, de acuerdo a nuestra semejanza", si me permite recordale la cita bíblica.

En conclusión, mi estimado confidente, me animaría a afirmar que su ancestro poseía el único Árbol del Conocimiento en existencia. Y, como si eso no fuese suficiente, hablaba el Dialecto Sagrado. Ese fue el origen del fuego griego, y asimismo de sus otras invenciones y milagros. El Credo del Fuego se creó para ocultar y profundizar el estudio del mítico Árbol del Conocimiento, extraído del Jardín de Edén, y el Alfabeto de

Dios, que Kallinicos debió aprender del domador de serpientes durante su juventud."

Su última carta fue el motivo que me impulsó a detallar este aspecto de mi pasado y el de mi familia, ignorado hasta para las personas más frecuentes en nuestras vidas. Creo apropiado dejar estos escritos, que adjuntaré con mi última voluntad y testamento, en manos de mi abogado. Pues si la maldición de mi linaje me da alcance, deseo que haya material para quienes quieran continuar uniendo las piezas del mosaico.

En su correspondencia final, sucinta y desprovista del tono familiar que alcanzamos con el correr de los meses, Eugenio me deja una advertencia que cobra sentido al advertir que solo se comunica conmigo los sábados. Algo cuya importancia, presumo dado su sorpresivo apremio, subestimó al comienzo y ahora lo atiborra de culpa:

"Mi buen amigo:

Por favor considere, aunque se escuche ridículo dicho en voz alta, que el día hebreo empieza al anochecer y dura hasta el siguiente anochecer. No discuta ninguno de los temas frecuentes en nuestras charlas en ningún otro momento <u>salvo</u> durante el Sabbath, el sábado de adoración. Sé que nada de lo que señale podrá convencerlo de la validez de mi advertencia, siendo su origen el instinto y no el hallazgo de evidencia creíble. Seré breve: es cuando los enemigos de la Verdad vuelven la vista.

Espero podamos resumir nuestros coloquios pronto. Pero por el momento no intente contactarme. Le agradezco su entendimiento.

Eugenio Copperplate, agosto 14, 1983.

Me pregunto si sospechaba la existencia del complot para

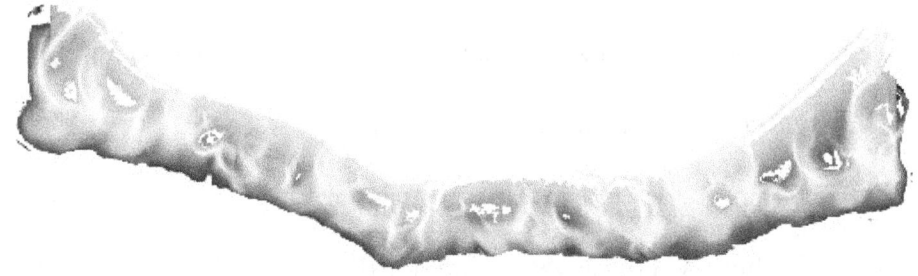

Federico Rodríguez

LA REVUELTA DEL SABBATH

El día del vuelo.

Hundido en el sillón y sin zapatos ni calcetines con los que mitigar el frío del departamento, Andréi Sokolov aspiraba el sabor amargo del tabaco de su padre, mientras pensaba que aquel sería el último desafío que le plantase al gran hombre. A la vista de la caja de puros vacía y la última botella de aguardiente casi finiquitada, le fue imposible reprimir una mueca satisfecha. Calculó que por esa hora de la tarde el viejo debería estar volviendo de la factoría, acompañado por su nueva esposa y el séquito de críos que ella traía a cuestas.

Pensar en la mujer le causó un malestar automático, como si algo amargo se hubiese liberado en el interior de su boca. No era que Valeska no le agradase. Si otras fuesen las circunstancias, la nueva cónyuge de su padre le hubiese caído bien. Pero la indisoluble expresión que la vida de madre soltera le había impreso en el rostro invocaba más crueldad que misericordia. Pobre criatura. Era lo opuesto de todo lo que Andréi admiraba en una mujer, la antítesis de lo que su difunta madre había sido. Diametralmente contrario a lo amaba en Masha.

Andréi se arrimó el puro a los labios mientras se servía el final de la botella. Mejor no pensar en Masha. O en su madre, que no llevaba dos semanas muerta y ya había sido remplazada; no sabía si culpar la falta de luto de su padre al determinismo ruso, o a cuan hijos de puta suelen ser los comunistas. El viejo no era un indoctrinado, pero se había moldeado al orden imperante con la eficacia de la arcilla.

La vuelta al hogar les podría tomar bastante tiempo, si bien la distancia entre la posada y la fábrica era corta; el ajetreo de las reuniones políticas colmaba las calles de Saint Petersburg con manifestaciones y bloqueos de intersecciones. Eso podía demorar el grupo al menos una hora más. Peor si eran obligados a aceptar la invitación de algún miembro del partido a intervenir en una junta popular, o si sus nombres resultaban atractivos para los afiliadores vecinales.

Para el caso no importaba. Bebió el aguardiente de un trago y empujó con él la imagen de Masha hasta el fondo, sepultándola en líquido por segunda vez. Una vez acabado el tabaco se incorporó, corrió hacia la ventana del comedor y se arrojó de cabeza al pavimento, seis pisos abajo.

Acabarse los puros no había sido la última desdicha que le dejaba al viejo. El encargado de la pensión también lo obligaría luego a limpiar la vereda.

La disección de un problema.

Después de dársele el alta de urgencias, Andréi pasó seis semanas en el hospital psiquiátrico, donde se le dio el tiempo para sanar las secuelas del estallido psicótico. Para sorpresa de los testigos y contra todo pronóstico, las contusiones en el cráneo solo eran leves, no obstante todos coincidían había rebotado dos veces contra el suelo acolchonado de nieve. La ironía radicaba, según los galenos, en los dos brazos partidos y las luxaciones en la espalda.

Según los expertos, el caso de Andréi era simple, desde las diferentes ópticas con las que podía analizarse:

Para los traumatólogos, la posterior mejora del paciente quedaba en manos de sí mismo y de la naturaleza, puesto que no podía permanecer ocupando una cama en el hospital sin tener la apropiada credencial del partido.

Para los psiquiatras, era prioritario que el paciente se alejara del círculo familiar que había acelerado el estallido psicótico, aunque los medios para llegar a dicho fin quedaban a ingenio del suscrito, considerando que la total carencia de recursos económicos -y su membresía en la 'lista negra' del partido- no eran impedimentos definitorios para conseguirlo.

Para su padre, el condenado hijo de perra había cubierto la cuota de desastres tolerables y era hora de que hiciese su vida, donde quiera que fuera, menos con él y su nueva familia.

Y para Andréi, al fin de cuentas, había sido liberador. La idea de darle un vuelco a su vida era una opción por considerar. Ya fuese por incompetencia, desidia o algún siniestro motivo aun por conocer, los oficiales que lo investigaron durante su recuperación omitieron importantes revelaciones en sus informes. No mencionaron sus conexiones con el movimiento de Blancos, su arresto bajo el cargo de "distribución de panfletos y literatura contrarrevolucionaria", o su relación con Masha Antonov, cuyo destino final se sospecha fue la profundidad del Angará, cortesía del Comisariado del Pueblo para Asuntos Internos. Si lo hubiesen hecho, el estaría terminando su recuperación en el Vorkuta Gulag.

151

Los Germanos estaban en retirada y el ejército rojo los perseguía de regreso a la madriguera. Los Nazis pronto habrán de conocer la ira de la nieve, como retribución por las hambrunas que causaron en Stalingrado. Eso convertirá a Koba en un estadista de reconocimiento mundial. Los únicos capaces de detener al carnicero de Gori eran los británicos o los americanos, pero estos tenían sus propios asuntos por resolver y no era factible que permaneciesen cerca una vez muerto Hitler. Pensándolo mejor, los americanos quizás. Pero poco podrán hacer para detener su ascenso al poder absoluto dentro de Rusia. La fe bolchevique y su sangriento mesías definirían el curso del país por décadas.

Andréi concluyó que el pronóstico más favorable incluía los siguientes meses bajo discreta vigilancia, mientras el NKVD aguardaba a que algún fugitivo político lo contactase por ayuda; el menos seductor, otro ataque paranoico de Stalin lo incluiría en la siguiente purga de disidentes.

Saint Petersburg se había quedado sin nada para ofrecer, salvo más de la locura a la que venía sometiéndolo por años. La ciudad que lo había enamorado a primera vista a sus ocho años, cuando sus padres inmigraron desde Georgia, era un cuerpo indemne que funcionaba preso de su propia euforia, sin notar la necrosis esparciéndose.

Fue así como, en la tarde de un mes todavía dentro del calendario, sin bullicio y en el anonimato de quien es nadie para todos, Andréi Sokolov vendió el reloj de bolsillo -regalo de su madre- junto con una chaqueta y compró un soborno fuera de la cortina de hierro.

Las orillas del Vltava.

Esa tarde de sábado del '63, Andréi subía por el empedrado de la Karlova hacia su café favorito junto del Charles Bridge. De camino a cenar con el abuelo, su hija lo despidió con un prolongado beso en la mejilla, y su mujer lo correspondió con otro todavía más efusivo en la boca, *per se* la razón de su talante optimista.

Por seguro, su buen humor no era a causa de la novela en progreso, que iba y venía como las historias lo hacen, a su presuntuoso capricho. La anterior, igual de elusiva al principio, seguía enviando cheques modestos y pagando las cuentas. Ambas obras eran insuficiente causa para alegrar o entristecer, pero evitaban que tuviese que aceptar un segundo turno como docente. Un día deberá escribir que "la literatura más satisfactoria nace de la apatía más rigurosa".

Andréi ríe para sus adentros al imaginar la reacción de los sectores colegiados que consumen sus obras al leer semejante sentencia. Sus clientes son de la clase que hostigan demandando alegatos inspiradores y resoluciones humanistas entre capítulos, que al fin el accede a incluir. Los jóvenes lectores que sueñan con vivir revueltas como las que sus padres callan, para evitarles el horror. Individuos que ambicionan el "socialismo con rostro humano" y otras frases igual de tontas, sin entender que el único izquierdismo más humano del que tienen ahora es aquel donde el Cesar baja el pulgar a pedido de la muchedumbre. Los intelectuales siempre cometen el error de creer que la presencia humana intercalada con los sistemas automatizados -en especial aquellos de naturaleza abstracta, como los sistemas políticos- son inherentemente mejores. Andréi presiente que nadie en su burguesa clientela -ávidos de protagonistas con gran oratoria, ambiciosas proclamas y sufridos finales- han estado en contacto jamás con la clase obrera de piernas amputadas o muñones prensados por las maquinarias en las fábricas. Ahí mismo se concluye que ni la carne ni la industrialización han nacido para morir juntos.

Pero que importaba todo eso. Esa tarde se sentía radiante.

Bebió su primer café como si saborease el historicismo alemán, que explicaría su sabor intenso y su olor penetrante al retrotraerse a los granos y su cultivo en las Américas, pero que asumiría su imposibilidad como corriente gustativa para explicar la satisfacción que produce su consumo. Andréi estaba contento de estar vivo o, como las voces populares lo acertarían, feliz como lombriz.

Praga lucía peculiarmente bella bajo el tenor naranja de aquel atardecer. Desde su mesa en el exterior de su confitería favorita, la panorámica le confería una suerte de atrio desde donde la treintena de estatuas sobre los arcos del puente se sucedían a la vista, recortadas por las distintas corrientes arquitectónicas en los tejados praguenses. Justo por encima, un sol impúdico -que como una mujer de camino al lecho presentaba su silueta desnuda detrás de un camisón de nubes transparentes- le permitía al esmog atenuar su brillo, pero no su esbeltez de estrella.

Eran las seis y uno de la tarde y la noche estaba a la diestra. Andréi -que no se había percatado todavía del sujeto entrando al viaducto desde el lado opuesto- disfrutaba sin culpa del panorama colmado por cupulas neorrenacentistas, iconografías góticas y exageración rococó.

155

El tránsito alrededor de la confitería, en su mayoría peatonal, incluía descargos de proveedores, niñeras empujando cochecitos de bebe, impostas mujeres de tacos altos con sobreros a la moda y el cartero novicio que miraba confuso en todas direcciones, en busca de la numeración que tenía justo enfrente. Los alfareros encendían las luces en el puente y los restaurantes en la rambla comenzaban a montar las mesas para la cena, dispensando velas y extendiendo manteles.

Con el fin de la jornada, los últimos comerciantes desmontaban sus modestos puestos de venta a lo largo de los quinientos metros de extensión del Charles Bridge, que por lo general lucía atiborrado de transeúntes y vendedores. Las estatuas le conferían un soplo de formalidad a las transacciones ocurriendo debajo, sin importar que fuese pescado, ropa usada o cerámicas.

El primer indicio de que su vida como la conocía había terminado fue la intuición, como una súbita inquietud, de estar siendo observado. Miró a su alrededor sin apremio, con el pocillo del segundo café en los labios, buscando el origen de aquel tenue malestar, convencido de encontrar al cartero aproximársele para consultar la numeración o la niñera flirteando desde la distancia. Sin embargo, no se topó ni con el encuentro casual de un paneo distraído, salvo quizás por el tercio restante del sol a punto de cerrar su parpado somnoliento por detrás de la ciudad. En su lugar halló una escena inesperada: un sujeto corriendo por la mitad del puente, eludiendo transeúntes mientras escapaba de lo que fuese venía a por él.

El hombre, de no más de treinta años y rostro atractivo, vestía una camisa de lana blanca y pantalones holgados negros, terminando en un calzado hecho de tela, y estaba en compañía de un dóberman de chaleco azul, que huía a la par de su dueño. Lucía un sombrero oscuro de ala larga y plana, adornado con arandelas de metal. Pero no fue su vestimenta romaní o su mascota lo que alarmó a Andréi. Tampoco el hecho de que cargaba un saco con flechas en su espalda y sostenía un arco en una de sus manos.

Su atención la acaparó el corazón de piedra en la mano de la efigie de Saint Agustine de Hippo, que comenzó a arrojar llamas cuando el gitano la dejo atrás. Al pasar junto al monumento de Francis de Assisi, las bocas de los dos ángeles custodiándolo comenzaron a resquebrajarse, y de su interior emergieron guturales melodías estilo gregoriano. Simultáneamente, la pluma en la mano de John de Nepomuk estalló en fulgores, y las estrellas coronando su aureola dorada comenzaron a secretar un fluido espeso de color rojo oscuro, idéntico a la sangre, que descendía por su rostro hasta sus hombros. El sol había desaparecido.

El fin del Sabbath

Lo que continuó fue peor. Andréi buscó aval a su alrededor, a la espera de compartir su asombro con otros. Pero ni el cartero y los meseros de la rambla, ni el personal de descargo o la niñera parecían notarlo. Luego de unos instantes sin que ninguno de ellos se moviese, Andréi reaccionó ante el extraño fenómeno y se incorporó de un salto. Observó a sus alrededores alarmado. Era como si todos a su alrededor hubiesen alcanzado un infantil acuerdo común que lo excluía; las personas estaban paralizadas a mitad de lo que estuviesen haciendo, en las posiciones más incomodas imaginables, cual si participasen en un juego de estatuas y la música se hubiese detenido. Andréi soltó una efímera carcajada, causada por los nervios del desconcierto, pero se le atragantó al advertir que la flama de la vela sobre su mesa ya no se movía con la brisa del río.

Estupefacto, retrocedió hasta tropezar y caer de vuelta sobre su silla. Los detalles que por lo usual le pasaban desapercibidos por su cotidianidad, como el vuelo de las palomas o en impacto del raudal del Vltava contra los pilares del puente, se convirtieron en una estridente sinfonía en ausencia. Las aves estaban paralizadas en el cielo. El curso del agua no bullía. Era como estar aprisionado dentro de un paisaje al óleo; los colores se habían opacado, sin la cíclica constante de fotones bombardeándolo todo; el aire no circulaba, y los pulmones de Andréi debían arrastralo y apropiárselo a la fuerza.

Lo único que permanecía moviéndose era él. Y el romaní.

El sujeto continuaba avanzando con el perro a su diestra. Estaba a unos veinte metros de Andréi cuando, por el rabillo del ojo, el escritor capturó una nueva presencia y se volvió hacia el puente. Abrió sus parpados con incredulidad, y entendió que su vida cambiaría irrevocablemente a partir de entonces.

Había un sujeto desnudo en el centro de la plataforma. De donde había salido era un misterio, dado que no estaba allí antes. Si bien a primera vista parecía un hombre, su fisonomía divergía de la humana a la altura de los hombros, desde donde le nacían unas enormes alas horizontales de dos metros de largo, parecidas a las de una gaviota. Daba la impresión de medir unos tres de alto parado en puntillas de pie, pero cuando levitó en persecución del gitano, se comprobó que si siquiera tocaba el suelo.

A medida que se acercaba, podía verse que la criatura poseía tres rostros calvos idénticos, ubicados en vertical en su cabeza, pecho y donde deberían estar sus genitales. Lucía una epidermis lechosa, como si sufriese de una palidez de naturaleza terminal, y su musculatura estaba atrofiada. Su extrema delgadez dejaba entrever los huesos de las costillas y hombros emergiendo como púas, recordándole a Andréi la apariencia que adquirían los prisioneros en los gulags del difunto Stalin...

-Cierre la boca y permanezca quieto si quiere salir de aquí en una pieza- le ordenó una voz masculina a su espalda, ridiculizando su expresión boquiabierta. Andréi lo hizo y atinó a voltear, pero la voz volvió a imperarlo en susurros: "¡Ni se le ocurra! Manténgase quieto y en silencio como una efigie. No podemos hacer nada. Si advierten que los vemos, nos ejecutarán como a Kavi, el poeta."

Como si supiese a quien se refería la voz, Andréi entornó sus ojos en dirección al romaní, quien a su vez pareció, por un fugaz instante, cruzar miradas con el sujeto sentado detrás suyo. Pero continuó sin detenerse hasta salir del puente y entrar en la plazoleta. Entonces Andréi dedujo la identidad de la voz, al ver que el cartero no estaba donde lo recordaba.

De las calles convergentes con la plaza emergieron vehículos negros que cortaron las rutas de escape. Mientras sus pasajeros, vestidos como militares, se apeaban con pistolas y ametralladoras en mano, Kavi extrajo una flecha de su aljaba y apuntó con su arco a uno de los automóviles. Cuando el proyectil impactó contra el capot se produjo una violenta explosión que lo destruyó por completo, arrojando trozos de metal en todas las direcciones. Debió arrojarle un puntapié en el rostro a uno de los conductores que corría hacia él desatinado, intentando sofocarse las llamas sobre su uniforme. Aprovechando el desconcierto de los escuadrones que todavía no habían terminado de apearse, Kavi buscaba exasperado por donde romper el perímetro.

Sin darles la oportunidad de ponerlo en la mira, tensó la cuerda de su arco por segunda oportunidad hacia el camión militar en el centro del semicírculo. Las tropas regazadas que estaban en la parte trasera debieron apresurarse a saltar fuera del vehículo, cuando el explosivo en la flecha dio contra la parrilla frontal y lo hizo explotar entero. Desde el lado opuesto del cerco surgió la primera ráfaga de metralleta, que serpenteó en el pavimento cerca de los pies del fugitivo.

Andréi escuchó el inconfundible retroceso del martillo de una pistola detrás suyo, y por un instante supuso que el cartero se uniría al tiroteo. Pero en cambio, por razones que se revelarían obvias en un instante, había ocultado el arma detrás del bolso con correspondencia y apuntaba el cañón contra su propio pectoral, por encima del corazón.

La tercera flecha voló oblicua y descendió donde el sujeto con la ametralladora intentaba afinar su puntería. Antes de dar contra el piso, la mecha en su punta activó el explosivo y estalló esparciendo una nube de humo violeta sobre los soldados. El químico regado hizo que comenzasen a vomitar y desvanecerse, cayendo como cucarachas convulsas. Kavi dio un salto sobre el frente de uno de los automóviles y luego sobre el techo, parcialmente camuflado detrás del humo de las automóviles en llamas. Disparó otras tres veces en diferentes trayectorias y, tras provocar una nueva serie de detonaciones, descendió de un brinco y dejó atrás el perímetro.

Pero entonces la criatura alada, que hasta el momento se desplazaba con parsimoniosa lentitud en camino al caos, se expelió en picada como un ave de presa, capturando a Kavi por el cuello y elevándolo por el aire en una fracción de santiamén.

Para ese entonces, Andréi atestiguaba todo lo que sucedía como si sonase despierto, en shock. Era como leer una novela de Ian Fleming, pero intoxicado con opio. Cuando la criatura alada, suspendida en medio del vacío, empezó a triturar de a uno los dedos de su presa, el estupor dio paso a un terror transcendental. Los alaridos de Kavi fueron incrementándose conforme pasaba de una mano a otra, de un pie al siguiente. Por debajo las tropas, indiferentes o habituadas al espectáculo, se reagrupaban y atendían a los heridos, luego de la fenomenal paliza que el romaní les había propinado.

""El Señor inspiró a los ángeles diciendo: Yo estoy contigo." -susurró a su oído el cartero- "Arrojaré miedo a los corazones de los que no creen. Luego hiere los -la voz carraspeó, y tragó un mogote de saliva para continuar- cuellos y hiere cada dedo con ellos." Sura 8:12, directo de los libros sagrados."

Sin otros dedos para quebrar, la criatura terminó por aferrar a Kavi por el cuello y lo diseccionó como a un insecto, dejando luego caer el cuerpo acéfalo sobre el empedrado del pavimento debajo.

La epístola de Ophiuchus

Por orden de su dueño, el dóberman se había escabullido antes de iniciarse la contienda y al finalizar estaba echado a la diestra del cartero, disimulando su presencia entre las sillas de la confitería. Solo el inusual sonido de sus pesuñas, repiqueteando al buscar una posición cómoda en la cual tenderse, advirtieron a Andréi de su presencia. "Por seguro los esbirros van a husmear. Pero dudo que sepan la razón por la que Kavi se reveló. No saben que cumplió con su misión. Tengo la Epístola y la Cartografía de los Citadinos."

"Ahora bórrese esa expresión de pánico del rostro y compórtese como un busto. No los mire. Escoja una postura cómoda, no muy diferente a la que tiene ahora, y busque un punto en el que concentrar la vista. No la aparte de allí, sin importar lo que escuche. Si siente que no puede hacerlo, solo cierre los ojos, como si estuviese suspendido a mitad de un parpadeo. No los abra hasta que todo haya concluido. Cálmese. Respire con lentitud. Creame cuando le digo que no quiere ver lo que continúa. Si no se delata, hablaremos luego." -finalizó el cartero mientras movía con lentitud la silla de lugar, y la cercanía de su presencia desapareció.

Andréi, atónito consigo mismo por su velocidad para adaptarse, hizo exactamente lo que el cartero le sugirió. Movió el cuerpo con lentitud en dirección al rio y cerró los ojos, prestándole refinada atención al detalle de sostener la taza de café -que, crease o no, todavía emanaba calor- sobre el platillo. El camuflaje lo convertiría en otro comensal pasando la tarde frente al río. Pero debió soltar el asa cuando escuchó el estrépito que provocaba su mano trepidando una pieza de vajilla contra la otra.

Se mantuvo en silencio y con los ojos cerrados durante un largo rato, mientras el bullicio de los uniformados subiendo a los vehículos y marchándose del lugar iba mermando progresivamente. Luego de un rato de no escuchar otro sonido, cedió a la tentación de espiar con disimulo. Entreabrió un parpado con lentitud. Pero la sorpresa al ver lo que crecía en las cabezas de la niñera, el bebé en el cochecito y los vendedores todavía estáticos saliendo del puente, lo empujó a abrir ambos de par en par:

Era un cordón de color dorado, que refulgía con tonos anaranjados, en forma pausada y rítmica. Se hundía en el cráneo sin provocar fisura ni herida, pero su brillo contagiaba al cerebro con el que se conectaba. Era como observar una placa de rayos x, donde la masa cerebral se traslucía a través del hueso, los músculos y la piel. En el otro extremo la cinta se extendía hacia lo alto y, aunque Andréi no se animaba a cerciorarse levantando la vista, estaba convencido que se perdía entre las nubes. Por lo mismo supo que un cordón idéntico debía emerger de su propia cabeza. Cerró los ojos y juró no volverlos a abrir.

Veinte minutos después, el claxon de un automóvil lo sobresaltó y rompió su juramento. En un instante de pánico atinó a cerrarlos de nuevo, pero la fugaz silueta de la niñera empujando el cochecito cuesta arriba por el puente lo contuvo. Entonces notó el cambio: las aves se habían movido del lugar; el agua en las orillas del Vltava corría como de costumbre.

El transito se había reanudado y las personas a su alrededor iban y venían sin mayor preocupación. Andréi volteó esperando encontrarse los restos de los vehículos incendiados cercando la plazoleta, pero para su asombro no había rastro de lo ocurrido. Todo había vuelto a la normalidad. La descarga de insumos había finalizado y el conductor dio un salto dentro de la cabina, ansioso de finalizar el recorrido. Con todas las velas encendidas, los meseros continuaron la preparación de las mesas disponiendo la vajilla. Sobre la calle adyacente, unos jóvenes reían inadvertidos de que, en el sitio en que se hallaban, había caído el cuerpo mutilado de Kavi. Y unos pasos a su derecha, lo custodió su cabeza.

Andréi se incorporó de la silla y corrió, preso de la exaltación, hasta el centro de la plazoleta, indagando frenéticamente cada palmo que recordaba ocupado por algo o alguien durante el evento. Escudriñó las parcelas de césped en busca de pistas y, tras cruzar la calle hasta los restaurantes, volvió circundando la rotonda. Donde el sujeto de la metralleta había gatillado su primera ráfaga buscó casquillos o perdigones, sin resultado. No pudo hallar siquiera una piedra chamuscada por las explosiones. Al advertir que algunas personas lo observaban alarmados, se tranquilizó y encaminó sus pasos de regreso a la confitería. Repentinamente recordó al cartero y, maldiciéndose por la negligencia, lo buscó al llegar hasta su mesa. Tanto el sujeto como el perro habían desaparecido, pero unos trozos de papel doblados bajo el pocillo de café corroboraban su existencia. A su lado había un sobre lacrado, abierto por un costado, con una advertencia escrita en caligrafía agitada: "No lea la Epístola hasta el anochecer del viernes siguiente. Si lo hace, ellos vendrán. Vio de lo que son capaces."

Esperándolo sobre la mesa, la Epístola aguardaba impaciente. Andréi la contempló durante un rato en silencio, pugnando contra el impulso. Al fin la dobló y la introdujo en el sobre. Se lo metió en un bolsillo, arrojó unos billetes sobre la mesa y se marchó. El café junto al dinero estaba frio.

Adivinis

Debió mentirle a su mujer y alegar un encuentro furtivo con un antiguo disidente, trayendo noticias desde el lado blindado de la cortina rusa. Ella, que conocía los detalles de su pasado, le dirigió una de sus ojeadas de preaviso y levantó una sola lapidaria ceja, antes de recordarle la hora de la cena. El mensaje era claro: no te metas en política, estas viejo para eso. Andréi la besó en los labios para confirmar que había entendido y disipar sus temores. Luego salió de la casa y regresó a la confitería junto al rio. Se ubicó en una mesa vecina a la que había estado la semana anterior -la original estaba ocupada por unos ancianos cenando temprano- y le pidió al camarero un café con licor, mientras el sujeto encendía la vela en su mesa. Luego aguardó a que el sol se ocultase en su totalidad antes de extraer la Epístola del sobre.

""Y cuando al polvo volvió, luego del breve interludio de vida, fue abono y semilla de lo que existe, haciendo florecer el mundo en donde antes solo había natura. El mundo entero se templó a causa de Su involuntaria forja. Su cuerpo fue alimento de la creación. Los grises se hicieron celestes. Los rojos, naranjas."

Este párrafo, quizás el más antiguo en la historia de la escritura terrenal, pertenece al compendio de los denominados Sacramentos Sumerios. La existencia de dichos tomos está en disputa por el consenso académico y su contenido es ignorado por la vasta mayoría de los antropólogos e historiadores. Solo los Colegiados del Sabbath tenemos acceso a su lectura, y por ello estamos advertidos de la Guerra Ignorada.

Si está leyendo esta carta es porque, probablemente a su pesar, fue testigo de algún evento que demostró la existencia de la contienda, desconocida por el resto del mundo. La razón por la que algunos somos conscientes de lo que sucede, mientras la mayoría ni lo advierte, es un interrogante aún por revelar. Las hipótesis sobre causales apuntan a la descendencia directa de la Serpiente del Edén, pero nadie ha podido probarlo fehacientemente."

Andréi parpadeo varias veces, incrédulo de lo leía. Continuó.

"Las circunstancias cambian y las experiencias son únicas para cada individuo. Nada de lo que le puedo decirle habrá de dar sentido a lo que usted ha visto con sus propios ojos, por lo que resumiré lo que sabemos hasta el presente. Permítame preliminar la historia con una breve advertencia:

"Dies judaeorum incipit a solis occasu usque ad solis occasum diei sequentis"""

Andréi levantó la vista de la epístola y musitó: "El día hebreo empieza al anochecer y dura hasta el siguiente anochecer.". Extrañamente, la traducción del latín fluyó como si se tratase de la lengua materna. Y la epístola parecía contar con ello, puesto que no clarificaba su significado. Reanudó la lectura:

"El origen de la guerra se pierde en los inicios del tiempo. Algunos afirman que se remonta a los eventos ocurridos en la Ciudad de Plata, la única construcción que ha perdurado a través de la 'cíclica de realidades', y sus sucesivas expansiones y contracciones. Allí fue donde el Creador, aquel que llaman Dios, estableció la primera monarquía, la primera familia y a la primera población. Y de donde, afirman la mayoría de los Colegiados, Apollyon se escapó llevándose a Asherah con él, la mujer de Elohim, uno de los 99. La verdad es que poco se sabe y mucho se especula al respecto. Inútil es insistir en lo incognoscible*.

Lo que, en efecto, sucedió en nuestro mundo millones de años atrás, lo sabemos gracias al Evangelio de Canaán. Estas tablas de piedra sumeria -cuya historia se remonta a las primeras tribus de Homo erectus- narran el comienzo de las hostilidades entre los seres humanos y la divinidad. Se cuenta que nuestra intervención en la Guerra Ignorada dio

---

* Si bien encontrará innumerables coincidencias entre la tradición abrahámica y la historia divulgada a continuación, es apropiado mencionar que los Colegiados coinciden en que la mayor parte de las religiones refieren algún aspecto verdadero del conflicto mencionado, como si al agruparse conformasen diferentes mosaicos de una realidad oculta.

comienzo cuando que el primer Upright man, Canaán, enfrentó al Creador, YHWH, en singular combate. Por medios que no estamos autorizados a revelar, el primitivo Homo erectus consiguió lo inimaginable y dio muerte a la todopoderosa entidad. De eso estamos convencidos, tanto como se puede estarlo de algo así."

Andréi se frotó los ojos, agobiado. Si no fuese por lo que había visto suceder una semana antes, pensaría que esta carta era una elaborada tomada de pelo. Buscó involuntariamente a sus alrededores por el cartero, temiendo ser el objeto de una broma de mal gusto, y lo imaginó observándolo desde un rincón y partiéndose a carcajadas. Pero de inmediato entendió que su mente pretendía traicionarlo. Su cerebro reñía con los hechos pretéritos ahora que la normalidad había retornado, donde 'uno más uno' concluye, irrevocablemente, en 'dos'. Suspiró resignado y leyó el párrafo siguiente:

"Lo impensable del evento inició una serie de sucesos cuya trayectoria final permanece, para nuestra desgracia, incierta. La hipótesis prevalente entre los Colegiados es la existencia de una Plan Universal -usted lo habrá escuchado referir bajo el rótulo de 'Divino'- cuyo desenvolvimiento incluía, en principio, la presencia de YHWH en muchas de sus etapas. Su inesperado deceso dejó el programa en desarrollo, pero con una imprescindible pieza faltante. El resto de la maquinaria continúa realizando las funciones programadas, pero con resultados mixtos y consecuencias no deseadas.

No se confunda. Dios está muerto, es verdad, pero los habitantes de la Ciudad de Plata, sus 99 familiares y todos sus sirvientes están vivos y son tan reales como usted o yo. El plan sigue en marcha. Como un reloj de cuco, sus autómatas emergen a la hora señalada y emiten su canto, sin más motivo que la rutina del mecanismo. Su influencia y recursos son vastos; incluso la rigidez del tiempo o el espacio se vuelven dóciles a su antojo.

Las criaturas sobrenaturales parecen ser invulnerables, tanto a violencia como razón. Sus formas son variadas, todas ellas grotescas. Sabemos que tienen el atributo del habla y, por ende, de la cognición. Pero es inútil rogar por misericordia o entendimiento. Conocer su existencia equivale a antagonizarlos. Por causa de algún mandato desconocido, la humanidad no está permitida de estar al tanto de su existencia. Al menos no todavía."

Andréi recordó a los uniformados sitiando la entrada al puente, y presintió que la Epístola estaba desactualizada.

"La solitud de la mente no ofrece refugio tampoco. El mero y sencillo acto de pensar en el conflicto puede activar la respuesta destinada a preservar el secreto. Quienes sabemos solo podemos pensar en ello durante el Sabbath, el día de Alabanza, ya que dichas entidades esta obligadas a dedicarse por completo al luto del Dios difunto, donde "nada terrenal debe contemplarse", como estipula en sus escritos el Tanaj. Es el momento donde su omnipresencia es interrumpida. En cualquier otro momento el saber para desapercibido solo si es silente. El pensar, en cambio, es de inmediato castigado."

A mitad de la lectura, Andréi comprendió que tenía en sus manos el equivalente a uno de los panfletos prohibidos que solía distribuir durante su juventud. Lo asaltó el recuerdo de los cordones doraros y la materia gris trasluciéndose en la cabeza de niñera. Se sacudió con un espasmo. Quiso continuar, pero la revelación cruzó por su cabeza: el Cartero le había dejado una foja de reclutamiento. Y supo, como si ya hubiese terminado de leerla, el contenido restante en la Epístola. Las ideas. Los sueños. La rebeldía. La repetición hasta el hartazgo de palabras como 'libertad' o 'injusticia', y frases rimbombantes como la 'indivisible individualidad del ser', del tipo que los lectores adoran encontrar en sus novelas. Los anhelos y las ambiciosas proclamas.

Los sufridos finales.

Andréi alertó al mesero y le dio el dinero por la consumición. Luego se incorporó y mantuvo el manojo de papeles sobre la candelilla en medio de la mesa hasta que el fuego comenzó a devorarlos, mientras a su alrededor los comensales le dirigían miradas interrogantes. Cuando las llamas amenazaron con quemarle las yemas de los dedos, arrojó los restos de la Epístola a un lado y dejo que el aire del Vltava se encargase del resto. Con un poco de suerte, nunca volvería a ser testigo de algo como la contienda del Charles Bridge. Su mujer tenía razón. Estaba viejo. Muy viejo para perder la misma guerra por segunda vez.

Esa noche llegaría a tiempo para cenar con su familia.

Fin

HISTORIA DEL COLATERAL

La luz se fue once minutos antes de la medianoche, apenas finalizaba mi cena. Miré por la ventana de la cocina y concluí que el problema no era local y el corte de luz tomaría algún tiempo. A tientas, con la exigua luminosidad de una noche sin estrellas ni luna entrando por el mirador, coloqué los cubiertos en la pileta de la cocina y me dispuse a dormir temprano.

Al entrar a la habitación pateé un libro que me esperaba junto a la cama, mientras oía como en la calle algo similar ocurría entre automovilistas y peatones. Me tendí aun vestido sobre las sábanas, con las manos sobre el abdomen y la cabeza recostada en la almohada, incapaz de encontrar el cansancio suficiente para dormirme. Las dos tazas de café que bebí durante el almuerzo parecían bullir dentro de mi estómago, profiriendo alarmantes risotadas de cafeína. No iba a ser fácil conciliar el sueño.

Aburrido más allá de lo descriptible, dispersé mi atención entre los objetos que tenía próximos. A medida que me fui acostumbrando a la penumbra, aquellos objetos que me habían pasado desapercibidos cuando alquilé el departamento fueron tomando un relieve impropio para el conjunto de banalidades que en realidad eran.

Estudié mis alrededores. El cuarto daba la apariencia de ser todavía más pequeño de lo que era, alumbrado por la difusa luz que se filtraba desde la calle. Al no ser de mi propiedad y ya que debía devolverlo en las mismas condiciones en que lo recibí en unos pocos días, no reclamé nada al dueño, quien en nada afecta a mi narración y por lo tanto no incluiré.

Mientras fracasaba en adormecerme, recalé por primera vez en cuan rectangular era el lugar, efecto que disimulaban el closet a mi izquierda y el mueble con el televisor delante de mi cama. Una autentica caja de zapatos. A mi derecha se ubicaba una mesita de luz de hierro azul, sobre la cual se sostenía un vidrio circular. Sobre el cristal se hallaban el velador inútil y un atado de Imparciales negros. El dormitorio luciría como un desproporcionado cubo Rubik, salvo porque la cuarta pared era remplazada por un ventanal, justo detrás del aparato frente a mí. Por desgracia, la vista no era más que un cielo nuboso sin pecas, estando mi departamento en un noveno piso.

Mi abatimiento era total. Imaginé cual larga podía volverse la noche sin poder conciliar el sueño, sin libros ni televisión que me ayudaran a relajarme, indefenso ante mis pensamientos contaminados de cafeína. Cambié dos o tres veces de posición, buscando la ubicación para que los músculos se distendiesen y ensanchasen a placer, cuando caí en la cuenta de que seguía con las manos estrechadas sobre mí estómago. Las separé y las coloqué primero a los costados, luego detrás de mi cabeza, debajo de la almohada, abatidas mordiendo el suelo y al fin otra vez sobre mí, estrechadas. Aún era un extraño en aquella cama; dos cuerpos físicos separados y distintos, atravesados sin poder enclaustrarse como las palabras erradas en un crucigrama.

Cuando al cabo mis ojos se acostumbraron al ópalo de la noche, un orbe rojizo salió por detrás de una nube y brilló con intensidad sobre la bóveda gris del cielo. Era una luna extraña, color fuego, de la que yo solo tenía conocimiento por libros y referencias. Era como una gota de sangre cayendo sempiterna sin romper. Estaba roja e inflamada, hipnotizada, sopesando sobre las terrazas aledañas. Entonces el vuelo rapaz de un ave se interpuso entre nosotros y pareció pestañear. Tuve un escozor al reconocer esas mismas características en la mirada disciplinada de los predadores, atenta y sugestionarte. El satélite terrestre era la pupila de un dios inaprensible que nos estudiaba, me estudiaba, tan de cerca que creí saborear su aliento en el esmog de la metrópolis…

Un particular sonido me devolvió a la realidad. No lo distinguí en un comienzo, pero caí en la cuenta de que provenía del departamento lindante, el cual suponía desocupado. Agudicé los sentidos tanto como me fue posible sin moverme de mi lecho, y al fin deduje que era el cliqueo de una máquina de escribir, por el modo en que el sonido retumbaba y se espaciaba de tanto en tanto, como si esperara el retorno del carretel para arañar la siguiente línea.

Unos días antes, la encargada del edificio había mencionado la presencia de -así los describió ella- mis serviciales vecinos de piso, un docente universitario en el departamento adjunto y un dentista en la puerta cruzando el pasillo, este último retirado desde el año pasado. Ambos, había recalcado, personas de bien y excelentes modales, "respetuosas de los horarios y costumbres ajenas", agregó, como para que no tuviese duda de cómo debía comportarme durante mi corta estadía en el inmueble. Al no verlos en los días subsiguientes, supuse que se hallarían fuera de la ciudad o con horarios muy distintos a los míos, y le resté importancia al asunto.

En cualquier caso, era evidente que el académico estaba de vuelta, o al fin había decidido dar signos de vida. Bastante inspirado en cualquiera fuese la tesis en la que trabajaba, porque debía estar escribiendo en la absoluta oscuridad o a la luz lánguida de unas velas. Me dormí pensando en ello.

Me despertó una resonancia seca y brutal. Algo había impactado contra el suelo del departamento contiguo. La primera imagen que se abalanzó a mi mente fue la de un accidente doméstico, por lo que me apresuré en pos de la salida. Atiné a prender la luz de la lámpara, pero la energía no había regresado aún y debí volver mi marcha más cautelosa. Todavía amodorrado busqué las llaves de la puerta durante unos segundos, apostando más a la suerte que a mi memoria. Entonces recordé que, una vez más, había olvidado echar la traba antes de irme a acostar. Solía tomar esa precaución para evitar quedarme varado afuera del departamento, en caso de cerrarse la puerta detrás de mí por accidente.

Para cuando al cabo de un largo rato puede arrastrar los pies hasta la salida, el cliqueo del teclado retornó con ánimos devotos y renovados, con más estridencia que la vez anterior. Interrumpido en el momento en que giraba el picaporte, me sumí en la perplejidad. ¿Qué había sido aquel sonido con el que me desperté? La hipótesis anterior quedaba descartada, ya que después de un accidente como el que simulaba el estruendo provocado, nadie volvería a escribir sin más. No dudé en que fuera otra cosa que una persona lo que cayó; un mueble u otro objeto tendrían una resonancia diferente. Además, puesto a pensar, casi creí escuchar un gemido tras el impacto.

Me poblé de ideas inquietantes, suspicaces, a las que rechacé en cuanto comprendí lo que ocurría. El libro junto a mi cama continuaba allí, desinteresado de mis cavilaciones sin razón. Lo tomé con ambas manos y reí en voz baja. Era una novela de detectives. Muy recomendable, por cierto, que sugestionó por un instante mi imaginación. Me avergoncé por aquellas fantasías, temiendo que la marcada soledad de mi vida estuviese dejando consecuencias graves en mi personalidad, esas que distancian el razonamiento escéptico de la demencia paranoica.

Imaginé el suceso al otro lado de la pared. El profesor, en compañía a un colega algo pasado de peso, conversaban en voz bien baja. El tipeaba en el teclado mientras su compañero leía o realizaba alguna otra actividad.

Entonces su amigo se incorpora, pero sufre un accidente. Mi vecino lo asiste hasta el cuarto de baño para sanar el golpe, presumo que con agua fría u algún desinflamante. Eso explicaría por qué no escuché parloteo, y sería coherente con la persona de bien de la que habló la portera, de eximios modales. Nada se escucha desde mi departamento, ya que el lavabo queda alejado del muro divisorio. Pero cuando lo peor pasó, el académico retorna a sus tareas mientras su amigo se recuesta y reposa. Y la ausencia de luz agrava la situación creando la atmósfera ideal para que un vecino insomne teja conspiratorias…

Entonces algo chocó con la pared. El muro se mantuvo vibrando algunos segundos en los cuales no respiré ni me animé a parpadear, azorado por la sorpresiva envestida. Se escuchó claro el hilo de una voz agónica, un gemido alentado a extinguirse como si soplaran la flama de una vela. Entonces todo regreso al silencio, salvo mi corazón que latía tan sobresaltado que temí delatara mi presencia. El tipeo no se escuchaba, pero no pude precisar cuándo se detuvo. Permanecí monolítico frente al muro, envuelto en una oscuridad que en ese instante sentí protectora. "Pensar con claridad", me dije, "eso es lo primordial."

Una mujer, me sobresalté, eso es. Quizás mi vecino fuese un hombre joven. La encargada nunca se explayó sobre él. Continué deduciendo por aquel sendero, e intentaba elegir entre las opciones más coherentes que se me ocurrieran. "Por supuesto", me dije, cuando sucumbí a lo obvio. Se encontraba con su novia, con la cual estaba teniendo relaciones mientras yo lo especulaba, y de ahí la razón del gemido.

Me sentí un pervertido, como si los estuviese espiando desde mi ubicación junto a la pared. Tomé distancia y me apoyé en la cama nuevamente. No era un amigo, sino su novia... aunque eso planteaba dudas con respecto a la caída, de la cual estaba seguro, fue protagonista alguien macizo. ¿Una novia gordinflona, acaso? ¿Estaban los tres y el amigo se había retirado, tal vez? No, de ser el caso, desde mi departamento se hubiese escuchado la puerta o la caminata por el pasillo...

Pero fue entonces que la claridad me iluminó, tan certera y contundente que imaginé irradiaba la estancia entera. Nuestros departamentos no tenían por qué ser iguales. De seguro estaban allí los tres, pero el amigo gordo se encontraba en otro cuarto, intentando conciliar el sueño. Por su parte, el profesor y su novia se prodigaban arrumacos en el comedor, intentando al mismo tiempo mantener la quietud, a fin de no despertar al sujeto descansando después del accidente. Ese era el motivo del gemido ahogado, ese aliento que se escuchaba aguantado en la garganta. En una orgía concluí -quizás a falta de experiencia propia- habría de acontecerse un lío mayor.

Me congratulé por mis sabias reflexiones. Esta explicación mantenía todas las hipótesis previas coexistiendo en armonía lógica, además de mantener el buen nombre y honor del educador. Y el de su novia, claro.

Era suficiente. Por la mañana tendría que ir a trabajar, pero continuaba ahí perdiendo el tiempo, sin dormirme, pensando soseras como un loco perseguido. Recliné la espalda y me decidí a dormir costase lo que costase. De todas formas, si algo hubiese pasado en el cuarto adjunto... ¿Qué podría haber hecho al respecto? Me dormí con ese pensamiento, intentando no olvidar por la mañana conocer a mis vecinos y, por qué no, comentarles lo gracioso de la situación durante esa noche. Pero tendría que recordarme preguntar primero el nombre del amigo obeso, ya que esa no es forma de referirse a una persona. Mucho menos de trabar amistad.

Pero ahora, mientras aguardo por la Gran Resurrección de las almas dentro de uno de los capullos de Árbol de la Vida, entiendo que es demasiado tarde, dado que he muerto.

El Heraldo de Etiopía   15 de septiembre de 1985

Prestigioso dentista detenido por doble asesinato

El Sr. Amadi Tadesse, dentista de setenta y un años, fue detenido en un departamento vecino al suyo, acusado de asesinar al residente de la vivienda, el profesor Eugenio Copperplate, junto con otro inquilino en el inmueble contiguo, en lo que se ha dado en llamar "la semana del chaleco", expresión popular que refiere al alto número de perpetradores con similares síntomas psicóticos.

Según fuentes policiales, el odontólogo se habría introducido en una de las viviendas por medios desconocidos y aprovechando el corte de luz que sufría la zona, habría apuñalado por la espalda a su primera víctima, el arqueólogo y profesor de la universidad de Addis Ababa. Luego, creyéndolo muerto, comenzaría a escribir una confesión en la máquina de escribir del catedrático, en la que detallaba los planes sobre su siguiente asesinato.

Los peritos de la jefatura policial afirman que el asesino tuvo que asestar un segundo y definitivo golpe al investigador antes de pasar al departamento adjunto y matar al Sr. Smith, quien se encontraba durmiendo. En su caso, el asesino encontró la puerta sin llave.

Sucedido esto, Tadesse volvió a la escena del primer crimen a completar su confesión, la cual es estudiada por expertos del juzgado para conocer los motivos del sorpresivo ataque esquizofrénico. Fuentes que hablaron con los medios bajo condición de anonimato, afirman que en la carta el individuo sostiene que fueron "ángeles" quienes se presentaron en su apartamento para encargarle los asesinatos del profesor de origen hispano y el contador norteamericano, quienes se encontraban en la ciudad por diferentes motivos laborales.

El caso del odontólogo se suma a otros con similares características durante la misma semana, donde individuos sin historial médico de esa índole, alegan experimentar sugestiones espirituales que concluyen en sorpresivos ataques psicopáticos. No aparenta existir conexión entre las víctimas, salvo por otro profesor trabajando en el mismo instituto de enseñanza que el Sr. Copperplate, el Dr. Djimon Hailu, asesinado dos días antes.

Todo se descubrió gracias a una inquilina del piso inferior, la encargada del edificio, quien sospechó de los ruidos y alertó a la policía.

Fin

Epístolas de la Llegada

Federico Rodríguez

LA ESCATOLOGÍA DE LAS HORMIGAS

I

El Capitán Moreau acercó las manos al calefactor, buscando la tibieza que las restablecería. Giró la perilla con dificultad hasta abrir totalmente la válvula de escape, pero la débil intensidad de la flama se mantuvo estoica. Resignado, dispuso los papeles sobre el escritorio y los ordenó prolijamente, acomodando cada pluma en su lugar y cerrando los gabinetes bajo llave. Lo observé meditabundo, acompañándolo con un sorbo a mi trago, mientras el sujeto se dedicaba a sacudir hormigas de una caja de galletas abierta y pasaba el contenido a una bolsa plástica. Me pregunté en silencio si sería tan meticuloso en su propia cocina, pero su traza desalineada y la barba raída de días testificaban lo opuesto.

Platicamos durante un rato, en el cual aprovechó para darse espavientos de profesional experimentado frente al novicio con solo meses en el oficio pesquero. Tenía la frente empapada de sudor a pesar

191

del frío de la oficina, mérito de la botella de Brandy recién abierta y ya vacía. Con frecuencia cedía a su manía de manosear el crucifijo dorado que le colgaba del cuello, pero empeoraba al reflexionar sobre sus hijos viviendo en Buenos Ayres. Los jóvenes, según su padre, vivían en concubinato con sus respectivas parejas, pero no sufrían ningún apremio por formalizar la relación de acuerdo con la tradición católica. "Eso es un mal presagio", alegaba cabizbajo mientras liquidaba el resto del brebaje en el vaso sin hielo. Y como al pasar mencionaba la inminente proximidad de sus propias bodas de plata.

Su mujer ya había reservado el día en la basílica de Trelew para la celebración, donde ambos vivieron toda su vida y desde donde habíamos partido esa mañana. Al haberme mudado al pequeño pueblo costero apenas unos años atrás, evité introducir mis opiniones de citadino, y estrangulé mi sarcasmo porteño por preguntarle cuantos de esas décadas fueron, de hecho, felices. Las denuncias por violencia doméstica, presentadas por su mujer unos años atrás, seguían siendo la comidilla de la chismografía local, desde el bar hasta la parroquia.

De improviso lo sedujo el impulso por un paseo nocturno sobre cubierta, al que me convidó acompañarlo. Pero decliné la invitación alegando cansancio. Don Moreau era un buen hombre, de sólidos principios éticos, pero el desarraigo propio del oficio lo había convertido en un pobre interlocutor. No deseaba escucharlo maldecir por horas el desconsuelo que le traía el libertinaje de sus hijos viviendo en la capital.

Aquel era mi segundo viaje bajo su capitanía y su talento como marino solo era sobrepasado por su instinto pesquero. Al querer continuar trabajando bajo su cargo, evité ofenderlo. Aducí fatiga por la pesca de la tarde y me terminé el trago antes de retirarme de su camarote. En camino a la puerta mencionó algo acerca de sus piernas entumecidas y concluyó que no habría peor cosa que permanecer quieto. Al imaginar la ventisca del mar abierto a medianoche me permití dudarlo, pero permanecí mudo. Nos despedimos augurando una fructuosa jornada laboral por la mañana. Estrechamos las manos y nos encaminamos en direcciones opuestas del corredor.

Reinaba una tranquilidad nítida en la modesta embarcación. Unos candelabros de metal sin ornamentos alumbraron mi camino hacia la litera, mientras Don Moreau subía la escalinata con rumbo a la proa. Al abrir la puerta encontré que los otros dos marinos acompañándonos en el viaje dormían junto a mi lecho, apestando el ámbito a ginebra y crujientes ronquidos. El escenario me convenció de replantear mi decisión y, tras deliberar por un instante, volví a cerrar la puerta del camarote y me dirigí al encuentro del Capitán. Me hallaba a pocos pasos de la escalera cuando me pareció escuchar lo que juraría fue el tocar de una trompeta distante, proviniendo del exterior. Vacilé por un instante, mientras intentaba recordar si el Capitán subió a cubierta el viejo tocadiscos, junto con sus soporíferos vinilos de jazz.

De súbito el barco se inclinó en un ángulo de 65 grados hacia mi derecha. Caí contra la puerta de la oficina de Don Moreau, que se abrió por el golpe. Fui dando tropos hasta dar contra el escritorio, que también se había movido con el vaivén.

El barco retornó a la posición horizontal. Mientras intentaba incorporarme, me sumí en la perplejidad. ¿Qué pudo haber causado el sorpresivo viraje? Era imposible haber encallado en medio de altamar. Y hasta un rato atrás, la marea estaba calma. Tampoco habían pronosticado cambios en las condiciones climáticas por otras cuarenta y ocho horas. La opción final, pensé a la carrera, era un movimiento sísmico. Pero la radio funcionaba con normalidad y de ser el caso, la guardia costera nos habría alertado.

Lo que presentí como una segunda ola nos golpeó por debajo, cuando el navío todavía continuaba sacudido por el tambaleo inicial. La envestida provocó un posicionamiento vertical de la estructura entera, y me arrojó sobre mi espalda por segunda vez. Los cuadros, fotografías, almanaques y mapas que colgaban de la pared se me vinieron encima, pero cambiaron de trayectoria cuando la nave completó el giro y acabó boca abajo.

Me estrellé contra el cielo raso junto a todos los otros objetos en el cuarto, y se luz se desvaneció. Tras incorporarme y a tientas, me arrimé al pasillo, desde cuya escalera –ahora en dirección descendente- se empezaba a filtrar el agua helada del Atlántico. Escuché a los marinos chillando en el camarote al final del corredor, pero en el pánico del momento los ignoré. Deduje que nos quedaban segundos antes que el oleaje embravecido nos empujase al fondo del océano, y toda mi atención se centró en escapar. Me sumergí con prisa y, guiándome mediante el pasamanos, emergí en el exterior.

Busqué la superficie sin desprenderme del casco del barco. Seguí la dirección ascendente de las burbujas hasta emerger con un grito triunfal. Para mi sorpresa, la corriente estaba calma y no había señales de problema alguno, pero la oscuridad me impedía ver demasiado. Grité el nombre del Capitán varias veces, sin obtener respuesta.

Con la suerte propia del principiante, un golpe en la nuca me advirtió de la presencia de uno de los botes neumáticos de emergencia balanceándose a la deriva. Era evidente que se había desprendido con el giro brusco y el oxígeno en su interior lo había mantenido a flote. Azorado de mi buena fortuna, trepé en su interior.

Llamé a mis camaradas por horas en la tranquilidad de un mar sereno y desafecto, mientras el barco se perdía en su profundidad. No entendía que había sucedido, pero nada quedaba por hacer. Me tendí sobre el piso del bote a la espera de un milagro.

No conservo una secuencia cronológica de lo que sucedió luego. Apenas recuerdo mañanas intermitentes y trozos de diferentes noches, como si hubiesen sido un solo evento fraccionado y mezclado en desorden. Si bien entiendo que no pude haber sobrevivido más de tres días sin beber agua, el constante asedio del sol y las correntadas congeladas de la noche distorsionaron mi percepción del tiempo, y es aún hoy en día que siento que vagué semanas perdido en el océano. Mis memorias se organizan de vuelta cuando, por fin, hallé tierra firme.

Me desperté con la sorpresa de haber encallado. Acostumbrado al vapuleo contante de las olas, encontrarme inmóvil me desconcertó. La ambivalencia de estar hambriento y extenuado, pero a su vez inquisitivo, fue el indicio elemental que marcaba mi reingreso en el mundo de los vivos.

Era una noche oscura en el reflejo oceánico del cielo poblado de estrellas, pero sin luna. El tenue brillo de los astros no alcanzaba ni para delinear las formas más inmediatas. Noté el olor a putrefacción mucho antes de incorporarme, pero al hacerlo fue que me azotó el pecho. Busqué en todas direcciones la fuente de la emanación, pero la penumbra era rígida y me asumí impedido de evadir el hedor. Su intensidad era tal que me condujo a sacar la cabeza fuera de borda y vomitar un terco hilo de baba. Las arcadas continuaron hasta que mi cuerpo entendió que, o bien me acostumbraba al repulsivo aroma, o permanecía tendido sin nada con que saciarlo.

El contante meneo de la embarcación no ayudaba. Intenté pisar tierra firme e introduje una pierna en el agua, esperando palpar la graba bajo mi pie descalzo, pero en cambio seguí de largo y me hundí sin tocar fondo, volteando la balsa en el proceso.

Emergí con desesperación ante la seguridad de no tener la fuerza para sostenerme a flote por mucho. Mis manos tantearon a ciegas y encontraron el escollo que había frenado mi deriva, pero aquello no era, como supuse al principio, la costa. Era a su vez resbalosa y suave, casi... gomosa. Me aferré con facilidad por su irregular superficie hasta salir del agua. Con esfuerzo trepé lo que parecía el borde y me tendí sobre el terreno horizontal una vez que tuve suficiente asidero. Resistiendo la tentación por desfallecer, giré sobre mi hombro en busca del bote, que probablemente estaba a medio palmo de distancia pero que no pude hallar a tientas. Para bien o mal, estaba varado en aquel lugar.

Cuando por fin tuve el ímpetu suficiente para hacerlo, me incorporé y busqué en las tinieblas algún referente. Fui alejándome de la costa lentamente, con la mesura de un ciego en un bazar. El terreno oscilaba con frecuencia, pero aun así conseguí mantenerme caminando en línea recta sin otra eventualidad. Nada me obstaculizó la marcha.

En el silencio, la caminata despertó mis sentidos antes embotados. Mis pasos descalzos producían sonidos extraños, extravagantes, símiles a quejidos. Más extraño era la inusual frecuencia con la que pisaba charcos de líquido viscoso que no pude reconocer, carente de un aroma distintivo.

Vagué por lo que me parecieron 200 metros, pero que más tarde descubriría no fueron siquiera 20 y me recosté en el lugar, agotado. Aguardé tendido en posición fetal, a sabiendas de que el sueño traería la muerte o la mañana. Me daba lo mismo.

Rendido y al borde de la inconciencia deliré larga sombras proyectándose sobre mí, producto de una inexistente luz que busqué con los párpados entreabiertos. Temí estuviese perdiendo la razón y me entregué derrotado al cansancio, ignorando las reiteradas veces en que los susurros me rogaban por misericordia o ayuda. Perdí el conocimiento, pero eso no aquietó a las voces.

II

Me desperté sobresaltado por los agravios y los lamentos a mí alrededor. Tras incorporarme y mientras frotaba mis ojos tuve la convicción de haberme dormido escuchando aquellos reclamos incoherentes, demenciales y suplicantes, pero que mi mente ignoró con deliberado desdén durante horas.

Todavía somnoliento busqué el sol y por su posición deduje serian alrededor de las nueve del día. La periferia de mi vista distinguió las edificaciones borroneadas por las lagañas matutinas, pero les resté importancia dando por sentado hallarme en una ciudad costera. No fue hasta que me paré sobre el rostro agonizante de un sujeto que caí en la cuenta de que me hallaba de pie sobre una loma compuesta por seres humanos.

La multitud de personas desahuciadas a mí alrededor gemían en agonía, incapacitadas, abandonadas igual que cascajos. Estaban dispuestos unos sobre los otros, miles de ellos, de todas edades y sexos, colores de piel y cabello, conformando un enorme islote emergido de las aguas que se prolongaba por un medio bloque. El sol castigaba con impudicia el tendal de víctimas a su alcance, fermentando los llantos y alocuciones de dolor.

Quise correr en alguna dirección, pero me horrorizaba continuar parándome sobre otras personas. Los involucrados conformaban un pavimento grotesco, oblicuos unos con otros, atravesados, encimados, sepultándose. Parecía que los habían sacudido y estrellado como dados dentro de un vaso, que al retirarse deposita una horrenda impericia arquitectónica. La visión de la sangre, los montículos de excrementos y las vísceras esparcidas por doquier me obligaron a vomitar saliva otra vez. Insólitamente, no se veían aves de rapiña o animales carroñeros circundando aquel lugar.

La cascada de cuerpos iba decreciendo en forma y volumen conforme me acercaba a la ciudad lindante. Fui bajando la ladera sin la delicadeza inicial, apresurado por distanciarme de aquel horror. Corrí hasta poder saltar sobre el pavimento, esquivando los últimos cadáveres alrededor que, igual que los sobrantes rebalsados de una cesta, parecían haber ido cayendo y desperdigándose a medida en que eran transportados hasta ese punto. Fueron desapareciendo conforme me adentraba en la urbanidad desierta, que no mostraba otro signo de vida distinto que al producto de su anterior presencia; la basura regada por las calles, papeles de diarios empujados por el viento y la alarma de un teléfono celular actuando como reloj despertador.

Los traumáticos efectos de los últimos días me habían despojado de cualquier noción relacionada al entendimiento. La realidad había perdido todo poder explicativo, reducida a una mera sucesión de eventos: barco hundido, colegas perdidos, centenares o millares de personas moribundas apiladas en la costa, ciudades arrasadas de todo vestigio de humanidad. Hechos, sin otro aditamento.

La deshidratación y el hambre me hacían deambular del mismo modo en que lo haría por una pesadilla, en la que me supiese soñando, pero de la que fuera incapaz de despertar. No existía otro sentido más que el recto y hacia el frente, y fue la fortuna la que propuso aquel pequeño restaurante italiano delante mío. De otra forma, quizás lo hubiese pasado por alto.

Comí y bebí hasta el hartazgo, abusando de la indefinición del lugar con el júbilo de un crío revoltoso. Luego me dormí sentado en una de las banquetas de la barra. Desperté horas más tarde acurrucado en el suelo, con el vago recuerdo de haber devuelto parte del refrigerio. En efecto, los restos malolientes a mi lado lo confirmaban.

Repetí el proceso de ingesta, esta vez dándole tiempo a la digestión para asimilar lo que le estaba arrojando y luego me tendí sobre una de las banquetas largas junto al área de los reservados. Dormí sin interrupciones durante un lapso indefinido. Presumo que fueron varios días.

III

Al levantarme la torpeza propia del extenso letargo me impidió distinguir mañana de noche. Me acerqué a uno de los ventanales del salón comedor mientras me desperezaba extendiendo los brazos, acompañándolos con un largo bostezo. El sueño había sido reparador.

Constaté el estado de los alrededores, que no habían cambiado ni un ápice pero que, por primera vez, noté. Por la ubicación del sol presumí que pasaba del mediodía, aunque el cielo congestionado de nubes grises dificultaba precisarlo con exactitud. Entendí que mi primera impresión del lugar había estado bastante errada. La ciudad sin nombre era en realidad un pueblo con un área comercial bien desarrollada y algunos edificios de envergadura, pero no una urbe en sí misma. La flora era tropical, con largas palmeras y furioso verde en los morros que se entreveía detrás de unas casas bajas en frente del restaurant.

La belleza del lugar me energizó y comencé a pensar con claridad. Las interrogantes comenzaban a amotinarse en mi cabeza, y me sentí en la obligación de recalcar la obvia. ¿Como había viajado de la Patagonia argentina hasta posiblemente Brasil en meros tres días, en un bote empujado solo por la marea? Aquel era un acontecimiento que desafiaba toda explicación.

El ánimo renovado no me duró mucho. Mi arribo a las terroríficas costas locales era un recuerdo todavía fresco y las imágenes acopiadas en la memoria habían cobrado nuevos bríos, sacudiéndome con convulsiones intermitentes. Mi deteriorado estado mental me hacía dudar de la fidelidad de ciertos particulares, pero estaba convencido de la veracidad de lo vivido.

Los ponderados de esa índole eran inútiles. Debía posponer las preguntas y concentrarme en sobrevivir lo que estuviese sucediendo. Tomé un bolso de la oficina del manager y vacié su contenido, en su mayoría papeles concernientes al pago de impuesto. Sin hallar nada de utilidad, me dediqué a recolectar de los alrededores todo lo que creyese indispensable. Me hice con ropas nuevas, dos encendedores, unos alicates pequeños, muchas botellas de agua y algunas latas de alimentos no perecederos que no utilizaría, dado que la comida refrigerada sobraba.

La velocidad con la que la masacre había ocurrido no dio tiempo a la modernidad de entender que ya nadie estaba al volante. Las luces en las calles funcionaban, el agua corriente corría, los relojes de pared y los ascensores todavía se movían. Transitaba por la idílica buenaventura de atracadores y carteristas, rodeado de sedes bancarias sin personal de seguridad y joyerías con vitrinas cuyas alarmas no atraerían ninguna atención. Pero nada de eso presentaba la menor utilidad para mí. Por último, alerta del tipo de sociedad que nacería de tal situación, me calcé dos enormes cuchillos de cocina en la parte trasera del pantalón y empujé la puerta de salida.

Tomé rumbo norte por la calle desértica, a la víspera de un atardecer tormentoso y frío que eventualmente, me eludiría. En retrospectiva creo que fue erróneo abandonar el amparo del local tan cerca del anochecer, pero me encontraba inquieto y no podía permanecer más tiempo en la inactividad.

El frío del metal en mi espalda me advertía que me encontraba en territorio hostil, sin mencionar que no recordaba la presencia de una ciudad de estas características cerca del poblado de Trelew. Aunque especulaba Brasil, en realidad no tenía la menor idea en donde me hallaba. ¿Cuán lejos me había llevado la deriva en solo unos días?

Mientras transitaba la calle deshabitada iba meditando mis opciones. Una vez alimentado y con las elementales carencias satisfechas, era imperativo averiguar en donde me encontraba. Y cuan extensa era la devastación, lo que me ayudaría a decidir mi siguiente movimiento. Consideré mis opciones en caso de encontrarme con otros sobrevivientes, de haber alguno.

El griterío proveniente de la calle contigua me atajó mientras estudiaba con celo cada ángulo en busca de señales de peligro. A media cuadra de distancia, emergiendo desde la esquina, vi tres siluetas femeninas huyendo en mi dirección. Eran seguidas de cerca por una turba de hombres de distintas edades que iban dándoles alcance, algunos vestidos con enteritos de taller mecánico y otros con trajes de oficina. Elegí permanecer ajeno y me refugié detrás de unos automóviles aparcados, justo cuando el enjambre de tipos harapientos atrapó a las muchachas.

Las sucias prendas con las que las jóvenes se cubrían volaron por los aires entre carcajadas y llantos. Sincronizados con una aberrante elegancia, una parte del tumulto desguarnecía a las víctimas mientras otros las tumbaban sobre el asfalto o las alzaban a la altura del estómago con las piernas separadas.

Me mantuve agazapado en cuclillas observando el horror desde una distancia que supe era poco segura. Comenzaba a retroceder cuando escuché una pistola gatillar dos veces. Un sujeto nuevo se había sumado a la conmoción, intentando rescatar a las víctimas del ataque. Al comienzo creí que era quien portaba el arma de fuego. Pero al agudizar la vista, descubrí que era una de las jóvenes quien dejaba caer el revolver sin balas mientras escapaba, tras dar muerte a uno de sus secuestradores.

El individuo que intentaba socorrer a las restantes mujeres fue interceptado de inmediato por los atracadores, y el breve refulgir de sus filos causó su cambio de expresión facial; las órbitas oculares se le desmesuraron y las sangre comenzó a brotarle por las comisuras de los labios.

Me dio la impresión de que algunos de los atacantes se desvivían por ir detrás de la fugitiva, que había doblado por la esquina y amenazaba perdérseles. Pero perseguirla podría costarles el turno en el banquete con las otras víctimas, en el cual los primeros comensales ya estaban merendando. Fue uno y solo uno, alto y fornido él, quien continuó la persecución.

Me alejé casi a gatas hasta doblar la esquina en dirección contraria, decidido a poner cuanta distancia fuera posible entre los vándalos y yo. ¿Qué clase de lugar era ese? ¿Cómo podía el mundo haber cambiado tan rápido? ¿Qué había acabado con tantas vidas y arrojado tantas otras a la locura? Me sentí tentado de volver sobre mis pasos y preguntarle a la fugada, si acaso la hallaba. Pero la imagen del sujeto fornido no daba espacio serio para la consideración. El sujeto aparentaba poder noquearme con la sola y sencilla mirada.

Alguien silbó. Ignoré el sonido, distraído por un peculiar crescendo reverberando en mi pierna izquierda. Cuando vi la punta de acero de la flecha atravesada en mi pantorrilla ni siquiera musité, abstraído por lo foráneo de aquel objeto. Luego me oí gritar, aunque es posible que los alaridos provinieran de los sujetos a mis espaldas con sus garrotes en alto.

IV

Fue un breve interludio donde mi cuerpo se forzó a ignorar el maltrato optando por la inconciencia. No recuerdo los golpes y las patadas que causaron las heridas y moretones, misericordioso fue dios por ello, pero la pérdida del conocimiento no duró lo suficiente como para que evadiese al primero de los salvajes amputándome la mano.

Me despertó la brusquedad del serruchar de la hoja sobre el hueso de la muñeca. Yo estaba boca abajo contra el suelo, con los dientes cementados entre sí y los puños estreñidos. Mientras algunas de las eufóricas hienas me inmovilizaban las extremidades sujetándomelas por debajo de sus rodillas, otros me dispensaban el mismo trato que a las muchachas antes.

Debo haber permanecido embotado en estado de shock la mayor parte del tiempo que le tomó al primer sujeto hacerse con mi carne. No tuve ocasión de recalar en los traumáticos efectos psicológicos que producen este tipo de incidentes, puesto que siguiente caníbal sustituyó al anterior. Se sentó sobre mi espalda y se dedicó a elegir que pedazo de mi cuerpo codiciaba, recordándoles con gestos a los demás mantenerme bien prensado contra el piso.

Me aferró por el cabello de la nuca del modo en que se sujeta la crin de un caballo al galoparlo y me dedicó algunos improperios en un lenguaje tan demencial como ignoto. Ya sentía el filo de su cuchillo rozándome por debajo de la nariz cuando el peso de la prensa que me mantenía sumiso desapareció.

Quise incorporarme de un salto, pero el doblegamiento y la pérdida de sangre en el antebrazo me habían adormecido la musculatura. El sujeto sobre mí se incorporó y escuché como sus chillidos alocados se unían a los de sus camaradas en fuga.

V

El hombre vestido de militar se presentó con la refulgencia del sol vespertino a su espalda, posándose con ambas rodillas sobre el suelo carcomido por la inmundicia y el abandono, y con apresuramiento atendió mi muñón desangrándose. Su presencia venia acompañada por una unidad de infantería detrás y había bastado para hacer huir a los dementes. La luz de la tarde se reflectaba en mis ojos empozados de lágrimas, y su rostro a contraluz se me volvió incierto, salvo por un molinete de cabello sobre la frente, como el de aquel famoso del personaje de historieta.

Para ser honestos y temiendo sonar como un desagradecido, la imposta de su voz al ordenarme que no me moviese me sonó artificial, ausente de masculinidad, probablemente por causa de una juventud que el entorno le exigía ocultar. Tuve la impresión de que debía tratarse de un enfermero o estudiante de medicina, recién salido del aula de estudio. Sin embargo, es justo admitir que tal vez fueron las contusiones detrás de mis orejas las causantes de la disonancia.

Un sujeto detrás del enfermero vociferó un manojo de órdenes a otros individuos en portugués. Y un instante después escuché una concatenación de vehículos frenando en simultaneo.

Una vez vendado fui incorporándome con lentitud, limpiándome las lágrimas con apatía, mientras que a mi lado los militares depositaban los cuerpos inconscientes de las muchachas ultrajadas. A lo lejos, cruzando la calle, el cadáver calcinado de la fugitiva consumía sus últimas flamas.

VI

Una vez en el hospital público, que funcionaba como una precaria base de operaciones, el médico residente -no enfermero, pero por poco- me indicó en precario español el origen de lo que sucedía, pero no lo creí hasta que vi las imágenes en el televisor del salón comedor.

De acuerdo con las estadísticas recientes, existen en el mundo unos 2 billones de cristianos en el mundo, predominantes en las Américas, Europa y el sur de África. Verlos volar, elevándose con gentil gracia, sumergidos en columnas de luz provenientes del cielo y acompañados

211

por el estruendo de invisibles trompetas triunfantes, fue un espectáculo apabullante.

Aquellos sin ninguna fe, o a la equivocada en este caso, fueron quienes filmaron desde el suelo los eventos del día de la **Raptura**, del latín medieval que significa 'el secuestro'. Familias, compañeros de trabajo, y vecinos se desprendían lentamente de la tierra en dirección al paraíso prometido. El suceso que, según ciertas sectas cristianas -antes ridiculizadas, pero luego temidas- indica el advenimiento de Dios en carácter de juez, ocurrió causando total asombro, incluso para sus practicantes acérrimos.

Las redes sociales proveen un importante número de documentos digitales narrando lo sucedido; es común encontrar videos donde algunos de los elegidos, remontándose hacia el cielo, demandan a las personas debajo postrarse y suplicar por el perdón del redentor; otros, interrumpiendo la siesta o en confinamiento, se arrastran por los cielos rasos en busca de una salida al exterior.

El ascenso duro casi seis horas, y millones alrededor del mundo alcanzaron los 8 kilómetros de altura simultáneamente mientras reían o lloraban de felicidad, soñando con rencuentros idílicos con los familiares fallecidos, validados en todas sus convicciones y sacrificios, a la espera de que su creencia los llevase el resto del camino prometido.

Menuda sorpresa fue cuando la inercia los abandonó y se precipitaron a tierra como bólidos.

El viento de altura -y el apresuramiento de los soldados por trasladar los cadáveres putrefactos que atraerían alimañas y enfermedades- los distribuyó en prolijas pilas como la que encontré durante mi arribo a Fernando de Noronha. De sus anteriores cinco mil habitantes, tres mil quinientos se descomponen en el muelle y los matorrales. La mayor parte se volvieron jalea al estallar contra el suelo. Los rezagado del ascenso, o quienes la maleza amortiguó, se pudren a las lindes de la ciudad. El resto de la población, sin fe ni gobierno que brindase protección contra lo que estaba sucediendo, habían iniciado un rápido descenso a la edad de piedra.

En simultáneo, los informativos anunciaron la aparición de una gigantesca cortina de humo negra sobre África del Norte y el Medio Oriente, presagiada en la escatología musulmana como augurio de los últimos días. Símbolo inequívoco de la llegada del juicio final por esos lares también, bajo diferente fe. Otros reportes preliminares indicaban una sucesión de hundimientos y desprendimientos tectónicos que habían movido los continentes de lugar -la razón del viraje del barco del Capitán Moreau, especulo, junto con la nueva cercanía geográfica entre Trelew y la isla junto al Brasil- antes de que las trasmisiones cesasen por completo. A esto se suman aquellos que describen la aparición de gigantescas criaturas engullendo poblaciones enteras, o platos voladores secuestrando ancianos. Ya nadie sabe que es creíble o que no lo es.

Es concebible suponer que lo que sucede aquí ocurre alrededor del globo, como si las diferentes versiones del apocalipsis se sucediesen en simultaneo. La imagen final en el televisor, antes del característico 'ruido blanco', fue un sujeto interrumpiendo a un reportero en Islamabad, llamando a organizar la resistencia contra lo que denominó "la tiranía divina venidera" y como el mesías profetizado habrá de esclavizarnos a todos. No lo recuerdo por la convicción en sus palabras -que una semana antes lo hubiesen sentenciado a un neuropsiquiátrico- sino por la incapacidad del parche en su rostro para ocultar la deformación de su ojo derecho.

Dieciséis horas después de mi rescate, mi enfermero-médico residente dictaminó, con incuestionable sagacidad, que me encontraba en mejor estado de salud y unos soldados me escoltaron hasta la calle. El barco que me transportaría hacia el área continental, en compañía de otros civiles, estaba estacionado en una dársena cercana y zarparía unas horas después. Me aconsejaron que lo abordara. Los enfatizaron, en realidad. Con las reservas mermando y la locura esparciéndose por las calles, la isla no era ya un lugar ameno para extranjeros. Y debían priorizar a los suyos.

Ahora, de Camino a Rio Grande do Sul, pienso que no he escrito una sola línea de quien soy, o a donde vuelvo. Entendible. El fin se aproxima, inexorable, para todos por igual. Quienes fuimos carece de significado. No existe redención o perdón. La resistencia, violenta o pacífica, es inútil. El destino de nuestra especie nos alcanzó. Y si, en efecto, todo esto es causado por un mandato celestial, ni siquiera la muerte ofrecerá una alternativa alentadora. Los propietarios del 'más allá' han decidido extender sus dominios.

No puedo eludir el recuerdo de las hormigas que el Capitán Moreau

sacudió de las galletitas.

Fin

Federico Rodríguez

EL DESTINO DE TRELEW

I

El paisaje fue haciéndose más claro a medida en que el sol despuntaba por detrás de las dunas. Desde la ventanilla del autobús podía verse como el vehículo se aventuraba por caminos de tierra pálidos, tapizados de polvo, que parecían no haberse transitado en mucho tiempo. De cuando en cuando alguna de las colinas de la playa se precipitaba hacia el costado, y entraba en escena un mar anestesiado, de tintes oscuros y siseo calmo.

El viaje fue plácido, aunque extenso. El ómnibus se movía tomando curvas a velocidad, aventajando a las liebres y al resto de la fauna local que saltaban de sus escondites nocturnos para cruzar la ruta desértica. Luego de algunas horas de trayecto, el chofer detuvo la máquina junto a una estación de servicio en desuso y, con voz somnolienta, informó sobre el fin del recorrido. Recién estaba en las márgenes del pueblo, por lo que pregunte a uno de los pasajeros si el recorrido no llegaba hasta la estación Gral. Alvear. "La cerraron a fines de enero, creo", contestó.

Aferré el bolso por ambas manijas y lo arrastré entre las piernas, tomando un segundo dramático en el que me detuve a observar por la ventanilla; recogí el telegrama sobre mi regazo y la metí en el bolsillo del pantalón, pujando bien dentro por temor a perderlo, y me orienté en pos de la salida.

No me tomó demasiado recordar el camino hacia la casa de mi abuela Rosalía junto a la vía abandonada del ferrocarril Urtizberea. Atardecía a mi alrededor, por lo que apuré el paso y me dirigí por el costado de la casa hacia el fondo, en donde a esta hora se encontraría ella junto al resto de mi familia paterna residiendo en el pueblo.

Con apenas seis mil habitantes, Trelew era un escondrijo frío ubicado al sureste del territorio argentino. El poblado gozaba de cierta jerarquía durante la temporada de verano, en la que sus playas intrascendentes conseguían atraer un sequito permanente de personas desde las comunidades vecinas. Pero al pasar esos meses el lugar volvía a la tranquilidad de los rostros familiares en la calle, siempre distendidos, atentos en público y liantes en la privacidad de los hogares, donde se disertaba con total impunidad sobre la vida y quehaceres de los vecinos.

Al llegar la falta de costumbre me llenó de timidez. Caminé con estrépito sobre las losas sueltas del sendero que atravesaba el jardín para que me oyeran y no, simplemente, materializarme de la nada. Por un instante pensé en retroceder y tocar el timbre, pero desde el invernadero en el patio de atrás nadie alcanzaría a escucharlo. Mi abuela acostumbraba a llevar a las damas de la familia a conversar y tomar mate allí, y anochecía antes de que alguien saliese para alguna diligencia.

"Hola Rosalía."- Di unos pasos dentro de la estancia y reconocí a la anciana de entre el grupillo de mujeres que la rodeaban. Se encontraban sentadas en ronda, como si fueran un clan indígena, escuchando sus palabras con una reverencia que se me antojo excesiva. Rosalía siempre tuvo ese poder de convocar la atención, de dirigir el interés de las personas con sus movimientos pausados o con sus ocasionales intemperancias. "Embruja la vieja", solía decir mi madre.

Como la mayor parte de los presentes esperaba mi llegada, no me hicieron muchas preguntas sobre las razones de mi partida de la capital, aunque el concilio de ancianas presentes parecía tentado a indagar en cada detalle en el que me veía obligado a entrar. Preferí mantener los lineamientos generales acerca de los últimos dos años lo más cerca de la luz que me fuere posible, ya que no habría peor cosa que desafiar la curiosidad de aquellas señoras aburridas de pueblo. Sin incurrir en pormenores, expliqué el alejamiento de mi padre tras la muerte de mi madre, las continuas peleas a las que nos sometíamos y, finalizando, mi expulsión política de la facultad. Sobre este último punto, apuntalé mi voz y sostuve uno de mis discursos de comité por casi 10 minutos, fingiéndome mucho más apasionado de lo que en realidad estaba. Al terminar todas ellas, al unísono y aburridas como estaban, me juzgaron exhausto del largo viaje y me enviaron directo a mi cuarto, donde podría tomar un baño y dejar mis pertenencias.

Aquello me salvo de un interrogatorio mucho más extenso para el que no estaba listo.

Cuando me instalé en lo de Rosalía era invierno y todo descendía de los árboles: ramas caídas, hojas grises, tristeza. Salimos al jardín cuando ya había anochecido y entramos a la casa por la puerta trasera. Rosalía me condujo por un estrecho pasillo y subimos juntos por la escalera al segundo piso. Arriba estaban la mayoría de los cuartos, y mi abuela me ayudó a instalarme en el que colindaba con el muro oeste.

El habiente estaba impecable hasta el detalle. Arrojé mi bolso sobre la cama y eché un vistazo general con los brazos en jarra apoyados en la cintura, mientras sentía la presencia de Rosalía observándome desde el marco de la puerta. Sin voltear, le comenté mi admiración ante la pulcritud del lugar; no solo mi cuarto, sino la casa entera, administrada y mantenida por su solitaria voluntad. El estado de las cosas en general revelaba el temple que la distanciaba de la mayoría de las mujeres de su edad. Donde otras señoras dejarían envejecer sus alrededores a la par de ellas, Rosalía se mantenía estoica en la imagen de abuela de cuento, con un número permanente de arrugas y canas, y con una casa que nunca lucia más maltratada que la ocasional teja suelta o alguna modesta mancha de húmeda.

-Y, digo yo, ¿a qué viniste, en verdad? —me interrumpió. Volteé a verla y su rostro estaba contraído; sus ojos, insólitamente feroces.

- Isabel te contó todo, ¿no es cierto? -

- ¿Cuáles son tus intenciones ahora? ¿Qué quieres? ¿No te parece...? —

En ese punto me abandoné. De nuevo las críticas, tan hirientes como certeras. Escuchaba a mi abuela desde lejos, con la destreza de saber seguir los impasses de su voz, atendiendo las palabras clave y los gestos dramatizados, sin revelar mi total falta de atención. Cuando creí que empezaba a darse cuenta de mi esparcimiento, intervine:

-Soy consciente de mis errores... de mis abusos, es cierto, mis abusos y.... ¿cómo dijiste antes?... tropelías para con ella. No hay nada que pueda hacer respecto a eso. Pero puedo hacer algo por nuestro futuro: cambiar. Ser la clase de persona quien ella merece tener al lado. Los pasados meses fueron malos para mí, pero ni vale la pena empezar con eso ahora. El caso es que mi presente es diferente. Y si los defensores de Isabel me dieran la oportunidad de probarlo, tal vez también ustedes. se darían cuenta. Y si no, bien también, porque la única persona que necesito que confíe en mi es ella. Todos los demás —Respiré, intentando no sonar repulsivo- me importan poco. Ahora, ¿te importaría decirme dónde está? -

Rosalía me miraba intrigada, pero en sus ojos noté la desconfianza propia de su edad. Me dio la impresión de que mi ruptura, el abatimiento que sentía al reconocer mis fallas la había tomado por sorpresa. Permaneció estudiándome con detenimiento, como si mi rostro fuera una redacción en la que marcaría con rojo cada falta de ortografía. El silencio comenzó a tornarse incomodo, pero ni me resistí. La franqueza me había dejado exhausto.

Se despegó del marco de la puerta y se me acercó. Quise hablar, decirle cuanto quería a mi mujer, cuanto la extrañaba, cuan arrepentido estaba. Pero me detuve al contemplar su rostro deformado por la aflicción, y cuando me colocó sus manos sobre los oídos, supe que algo estaba definitivamente mal.

II

Me enteré de la historia completa cuando transportaban el cuerpo hacia la casa de sepelios. Fue una ceremonia corta, en la cual la mayoría de los presentes encontró mi falta de llanto perturbadora. El total hermetismo en el que me hallaba sumergido desató furibundas críticas y sospechas malevolentes. Me mantuve impávido junto al ataúd abierto en el que descansaba el cuerpo de mi mujer repartiendo apretones de manos y consolando concurrentes.

Una vez finalicé con las formalidades, volteé a contemplarla. Su rostro estaba sereno; las comisuras de sus labios, apenas alzadas. Para entonces un primo lejano me había contado los espantosos detalles sobre el estado en que encontraron el cadáver, y no pude menos que admirar el modo en que los trabajadores de la morgue habían recuperado las facciones de mi mujer, carcomidas por insectos y otras inmundicias, y devolverle al pecho el tamaño natural, extrayendo el lodo y el mundo de sus pulmones.

-Te amo- dije al fin, y di media vuelta en dirección a la cocina. Pero la manga de mi chaqueta quedo atorada con algo y cuando viré para desengancharla, descubrí la mano de mi mujer afianzándola con firmeza. Mas arriba su rostro me enfrentaba con las cuencas de sus ojos vacías, y su boca respondió:

-Yo no-

Me desperté gritando. Atoré mi boca con las sabanas por largo rato, ahogando el alarido que se resistía a desvanecer.

III

A la mañana siguiente me encontré con Rosalía sentada junto a la mesada alta de la cocina, con el diario abierto y la pava en la hornalla calentando el agua para el mate. Con la cortesía que la caracterizaba, me invitó todo lo que podía ofrecer: pan tibio con mermelada, tostadas con manteca, mate cosido con pasas y nueces molidas. Decliné la invitación sin motivo, puesto que estaba hambriento, porque su ofrecimiento me hacía sentir vagamente culpable, como si la desaparición de Isabel me negara todo derecho a disfrutar hasta de lo más elemental. En cambio, saqueé el atado de cigarrillos del bolsillo trasero del pantalón y, disculpándome, salí al jardín a fumar.

El frío transformó mis dedos en maquinaria obsoleta, apenas capaces de sostener el cigarrillo recto. Fumé incomodo por unos instantes hasta que deseché el pitillo por la mitad, anhelando el calor del interior. Entré con la cabeza gacha, avergonzado, recriminándome la ridícula salida melodramática.

¿Por qué me sentía así? ¿Es que acaso no estaba preocupado por el paradero de mi mujer? ¡Claro que lo estaba! ¿Entonces por qué la flagelación innecesaria, o la postura exagerada frente a mi abuela? Tal vez fuese la culpa supurando por la herida. Estaba convencido de que al menos una parte de responsabilidad me tocaba en el asunto.

Me senté junto a Rosalía, quien sin consultarme me arrimó el mate. Sin interrumpir la lectura del diario agregó: "Esta amargo."

Sorbí sin responder. Rosalía se incorporó y extrajo de uno de los estantes sobre el lavaplatos una lata enorme con la tipografía de una conocida marca de galletas en el exterior del envase. Regresó a la silla y la abrió. Allí estaban almacenadas diferentes tipos de galletitas, dulces y saladas, con chocolate, sin chocolate, con inscripciones, con perforaciones, con logotipos, de todas las marcas conocidas, aquellas habidas y por haber salvo, claro, las anunciadas en el exterior del envase.

Me alcanzó una al azar, y la sostuvo frente a mí hasta que se la arrebaté de entre los dedos. Le devolví el mate, esperando el momento en que tuviese que alzar la vista para cogerlo. Cuando lo hizo, le dije: "Necesito saber más."

-Vos sabes más que yo, mi'jito- Sorbió el mate con calma y me clavó la mirada, habiendo esperado mí pregunta todo ese tiempo. —La verdad es que cuando te vi aparecer, de inmediato pensé que esa era la causa de su desaparición. Que tal vez te habías comunicado con ella, que le había dicho que venias para acá...-

- ¿Y pensaste que se estaba escapando de mí? - pregunté indignado.

Rosalía hizo caso omiso a mi enfado, respondiendo a su vez con una cuota de sarcasmo:

-Tendría motivos, ¿no te parece? -

-Mierda abuela, que le di una cachetada, tampoco la arrollé con el automóvil. En medio del peor momento de mi vida, peleado con mi padre, apenas velada mi madre, sin trabajo, sin amigos... carajo, perdí el control por un segundo y le di una cachetada...

-... que le partió el labio ...-

-... que me convierte en un hijo de puta, no lo dudes, mierda che, que no me estoy justificando...-

-La boca nene, la boca...-

-... ella sale disparada de casa, con los boletos del viaje que ambos estábamos planeando hacer en el bolsillo de la chaqueta. Por despecho adelantó uno y vino para acá sola. Me puse a buscarla por todos lados para disculparme hasta que recibí tu telegrama. Ella te contó lo mismo, ¿verdad? -

-Si, y me aclaro que esa había sido la primera vez que le levantaste la mano. -

La forma en que Rosalía enfatizó la frase me causó una ira visera. Sin embargo, yo sabía que merecía el tono reprobatorio, sino algo peor.

- Entonces, ¿por qué iba a estar tan asustada de mí? ¿Tanto como para desaparecer por cuanto ya...?

-Con hoy, tres días-

-Rosalía, esto no tiene sentido. Ella nació y se crío en Trelew. Cualquiera en este pueblo me volaría la cabeza antes de que le arrancase un solo cabello. Si vino es porque aquí se sentía segura...-

Me atraganté; la saliva se me solidificó en la garganta.

227

-...luego de que vos estuvieses tan irreconocible. - concluyó mi abuela - Si, ya se, tiene sentido mi'ijo, pero nadie la volvió a ver desde aquella tarde entrando en su habitación del hotel. -

-Eso es lo que no entiendo. Con todas las personas que conoce aquí, que la hospedarían sin problema, ¿por qué...? -

-Yo le pregunté lo mismo. Me dijo que no quería alimentar los comentarios, y que por eso se quedaría en el hotel 'Mónaco', a la entrada del pueblo. Los únicos que sabríamos los pormenores del asunto seriamos su hermano Rubén y yo. Para cualquier otro, vos estabas demorado por tu trabajo en la facultad y vendrías en un par de días. -

- ¿Ves lo que te digo? Incluso ella implicó que tarde o temprano yo aparecería a buscarla. Te repito, no tiene sentido. ¿Qué te dijo la policía? -

-Lo que ya te conté. El cuarto está como lo dejo, incluso las sabanas estaban abiertas. Están las maletas vacías y la ropa colgada en el placar. Nadie se va sin recoger lo que trajo consigo...- El pensamiento suelto dejaba una sola, terrorífica alternativa que ninguno de los dos quiso verbalizar, y luego de un prolongado silencio cambiamos el eje de la charla - ¿Vas a ir a declarar hoy? -

-Si, lo último que falta es que crean que tuve algo que ver con su desaparición. Voy a llevar el pasaje y cualquier cosa que pruebe donde estuve los tres últimos días. Porque si creen que yo estoy envuelto en el asunto, los imbéciles van a concentrarse en mi en vez de salir a buscarla. Me dijiste que ya 'peinaron' el área, ¿verdad? -

-... Peinaron? -

-Si les echaron un vistazo a los alrededores de la hostería, a ver si salió a caminar y tuvo un accidente o algo así-

-Si, pero no encontraron nada. Rubén los ayudó. El pobre esta enloquecido, no sabe que pensar. -

-Nadie sabe que pensar, abuela- dije intentando ocultar el fastidio que me produjo la comparación involuntaria.

IV

Para el sexto día de ausencia, los ánimos estaban bastante agitados. El pueblo entero ayudaba en las pesquisas y policías de otras jurisdicciones estaban en alerta o colaborando en la investigación. Los motivos por los que mi mujer había adelantado su viaje ya eran de conocimiento público para ese entonces, y la policía debió certificar reiteradas veces con sus colegas en Buenos Ayres los tiempos de mi itinerario, a fin de quitarme toda sospecha de encima. Cooperé en todo lo que podía y luego me senté a esperar, un poco humillado por el trato infantil con el que se dirigieron a mí una vez que se corroboró la autenticidad de mi relato. Paseé de ser un posible secuestrador, asesino o vaya a saber qué otra cosa, a un simple 'familiar de la víctima'. Es horrible, pero por sobre todo injusta, la clase de respeto que otorga el rol del victimario.

Pasaron días y la cosa no mejoró, hasta que por fin cedió un jueves de no sé cuánto después; había perdido la cuenta. Estábamos reunidos en el comedor de Rosalía junto a los padres de Isabel y su hermano Rubén, que no me sacaba los ojos de encima ni por un instante. Su mirada acusatoria comenzaba a irritarme, y fue tanto así que cuando lo increpé por su persistencia, Rosalía se interpuso entre ambos y me llevó aparte a la cocina. Si bien el resto de los familiares se mantenían cordiales conmigo, tampoco me incluían en el grupo como uno de los suyo. La incriminación merodeaba por igual en el silencio o en el murmullo. Si no había tenido nada que ver con la desaparición de Isabel, al menos había sido quien había puesto en marcha la maquinaria del trágico acontecimiento. Alguien debía pagar por lo ocurrido y el elegido era yo. El hálito de culpabilidad me caía sobre los hombros como una manta vieja.

Salí a la puerta a fumar un cigarrillo y sin darme por enterado comencé a caminar. Meditando lo absurdo de aquella situación fui alejándome de la casa de Rosalía, transitando a la par de las viejas vías abandonadas. Tenía el ridículo convencimiento de que mi mujer estaba cerca, silenciada, necesitada de ayuda. Pero no podía imaginarla requiriendo la mía.

Vagabundeé un largo rato hasta que la súbita caída en cuenta de mi proximidad con el hotel 'Mónaco' me sacudió con un escozor. Añoré el abrazo de Isabel más que nunca, y el deseo de verla, de tenerla cerca me impulsó en esa dirección. Medité por un segundo lo que estaba por hacer: hurgar en la escena de un crimen. La habitación debía estar aun cerrada por la policía. Estaba tramando una locura. Pero aquel era el único lugar donde la ausencia de mi mujer se sentía menos presente. Allí había estado, y parte de ella permanecería tangible en el lugar, en las sabanas sin lavar, en las toallas usadas, en la alfombra con las mascas de sus huellas.

El Mónaco motel, rebautizado hotel en criollo, era un edificio de una sola planta frente a la ruta principal de entrada al pueblo. La conserjería era una pequeña oficina que sobresalía de la fachada del edificio, dándole la forma de una 'L' acostada al complejo entero. Las habitaciones se ubicaban en forma consecutiva una con otra, con sus respectivos espacios de estacionamiento al frente, a las márgenes de la ruta. El acceso a los cuartos era externo y cada uno contaba con una ventana enrejada de medianas dimensiones, que facilitaba la entrada de luz en el día y la vigilancia del transporte durante la noche.

Me acerqué con disimulo al que había pertenecido a mi mujer. Una cinta amarilla con la leyenda policiaca cubría la puerta cerrada. Me sentí ridículo: ¿Que iba a hacer ahora, patear la puerta? Por supuesto, podía ir a conserjería, identificarme y con la excusa de retirar algo de mi mujer... no, todavía estaba cerrado por orden judicial. Nadie estaba permitido de retirar nada de allí, ni siquiera un esposo preocupado... ¡en especial un esposo preocupado! Peor aún: si, dentro del inmueble, dejase algún rastro de mi presencia, tal hallazgo sería falazmente situado durante la noche de la desaparición. ¿Qué demonio estaba haciendo yo allí? ¿Qué quería probar, después de todo? Además, la puerta debía estar con llave. El procedimiento policial lo demandaba...

Me apoyé sobre el picaporte para cerciorarme de la validez de mi argumento y retomar el camino de regreso, pero el mecanismo cedió y la traba se retrajo al interior de la puerta. Me quedé paralizado. Allí estaba yo, y allí había estado Isabel. Nadie tenía por qué enterarse. Miré para ambos lados y, al constatar mi anonimato en los alrededores desérticos, abrí la puerta y me escurrí por debajo de la valla policial.

V

Con las persianas y las cortinas cerradas, nadie fuera del cuarto notaría mi presencia a menos que husmease por las rendijas. Accioné el velador y cerré la puerta detrás de mí.

Di una vuelta a los alrededores bajo la luz amarillenta del lugar, sin que nada despertase mi curiosidad. Me dirigí al baño y eché un vistazo sin encender el interruptor, asistiéndome con las espirales lumínicas que se reflejaban en el espejo del armario ubicado en un ángulo de la pared. Todo parecía normal, indiferente a la tragedia.

Di un paso dentro de la estancia y reconocí los utensilios que Isabel utilizaba en nuestra casa. Sobre el lado derecho del lavatorio reposaba la plancha con la que se alisaba el pelo cuando salíamos, mientras que a la izquierda había algunos cepillos, el delineador de ojos y 2 o 3 perfumes diferentes. La canilla goteaba intermitente sobre los restos del jabón y los cabellos perdidos en el proceso de alisado, signo inequívoco de que su presencia en el cuarto había sido cómoda, relajada, a sabiendas que podría dejar el desparramo para el personal doméstico en la mañana. La recordé como la conocía, antes de las peleas, de los llantos. La amé roto por la distancia y creo que fue entonces que realmente sentí el horror de la incertidumbre de no saber su paradero. El pecho se me contrajo y no tengo claro cuando me aferré los hombros con las manos, pero me recuerdo allí de pie, tiritando de dolor, con los brazos cruzados por el pecho y las lágrimas brotándome de los ojos. Ni siquiera lo pensé y me apoyé sobre la mesada desesperado por hallar aire. Fue entonces que clave la vista en el interior del cesto de basura junto al inodoro, donde un objeto cilíndrico descansaba sobre un par de papeles manchados de rojo.

Un lápiz labial usado.

Se me reveló en ese instante: la cama doble, el motel apartado, los cosméticos y la plancha de pelo. Y ahora, sosteniéndolo con dos dedos, el lápiz labial usado, casi extinto y sin punta. De improvisto la cabeza me dio un vuelco. Contuve la primera arcada, la segunda, la tercera, pero al fin mi estomago cedió y me arrojé de cabeza al inodoro. Devolví entre lágrimas, azuzado por las convulsiones que me mantenían aferrado al cuerpo, lejos de mi mente y de los volátiles pensamientos que amenazaban quemarme las sienes. La liberación fue total y cuando recobré la postura, jalé de la cadena y me recosté sobre la pared, magullando el nombre de mi mujer entre dientes, moliéndolo como si estuviese pronunciado en vidrio: "Puta, grandísima puta."

Primero fue el frío en las plantas de los pies. Luego llegó el olor nauseabundo del agua estancada. Bajé la vista justo cuando otro oleaje de una marea amarillenta brotaba del inodoro igual que de un geiser enfermo, cubriendo el suelo del baño de restos de vomito y papel de tocador. Insulté en voz baja y me apresuré a destapar la cañería con una vieja sopapa de goma. Me eché hacia atrás una vez que conseguí que el agua corriese por su cauce natural y, sin proponérmelo, le di un giro a mi cabeza. De las escalas de aquel paneo ascendente apenas retuve los azulejos rotos del muro, el jabón desintegrándose bajo el martilleo de la canilla o la toalla bordo colgando del gancho de la puerta. Nada me llamó la atención hasta que me vi de lleno en el espejo. Y podría jurar que tenía los labios pintados de rojo.

Sequé el suelo con un trapo y salí del tocador dando tumbos, tan enfermo del estómago como de los celos. ¿Como era aquello posible?

¿Desde cuándo… con quién? ¿La policía sabía? ¿Como podían no saber?... Las preguntas no tenían sentido, pero la convicción permanecía inmutable. Isabel había estado allí, arreglándose con alguien… para alguien… presumiblemente un hombre. El convencimiento me llenó de coraje y me dispuse a satisfacer las preguntas con hechos. Había vuelto a ese pueblucho de mala muerte arrepentido y avergonzado. Pero ahora la situación viraba y era yo quien debía ser el razonable destinatario del consuelo y las palmadas amenas sobre los hombros. El justo era yo y me propuse demostrarlo no obstante pasase por timorato o idiota. Preferí el rol de víctima luego de tantos días en el papel del victimario.

Abrí el placar. Conocía a mi mujer y sabía qué clase de vestimenta utilizaría para una ocasión semejante. Pero la ropa que encontré allí contrastaba con la actitud provocativa que Isabel sabia explotar de sí misma. Dudé, temiendo estar conjeturando falacias. Las camisas y pantalones de jeans colgando del perchero eran los de una mujer de entre casa. Los suéteres eran de cuello alto, y no había ni una sola falda corta. No eran las prendas de una mujer con un amante.

La culpa me atravesó. Me senté a los pies de la cama y me largué a llorar otra vez, asfixiando los parpados con las palmas de las manos.

¡Pobre Isabel, donde quiera que estuviese! ¡Con que facilidad había dentado su memoria, que impío al tildarla de... ¡dios me perdone! Pobre santa, santa Isabel. Perdida en algún lugar del sur, pronunciado mi nombre en busca de socorro, confiando en mí hasta el último aliento, mientras aquí yo deshilachaba su reputación en un vergonzoso intento de expiar mis propios deslices.

Enclaustré los dedos por detrás de la cabeza y la mantuve escondida entre los brazos, dándome el tiempo necesario para tranquilizarme. Decidí borrar cualquier evidencia de mi paso por allí y largarme, pero un detalle atrajo mi atención. En el piso había dos etiquetas que sobresalían por debajo de mi zapato. Levanté el pie e intenté recogerlas del suelo, pero ambas estaban ligadas con un cordón que se perdía bajo la cama. Me acuclillé y jalé hasta extraer un hermoso vestido de noche, irreprochablemente extendido sobre una plancha de cartón que evitaba que se arrugase.

VI

No mencioné a nadie lo descubierto esa noche. Volví a la casa tarde alegando una larga caminata, y por un tiempo permití que las voces murmuraran a mis espaldas, fingiendo indiferencia. Para cuando la búsqueda se dio por concluida, la hipótesis del amante era la comidilla de las reuniones locales, cuya estática chismosa yo prefería ignorar. Sin pistas válidas a seguir, los sospechosos abarcaban un arco tan amplio de individuos que era como si no hubiese ni uno solo. La imaginación popular construyó descabelladas teorías, a su vez inexorablemente descartadas por los investigadores.

Yo fingía no saber; los demás fingían no saber que yo sabía. El auténtico conclave de la mentira piadosa. Luego de varios meses de infructuosa pesquisa, el caso se caratuló como pendiente y se archivó a la espera de una muerte lenta. Y para ambigua tranquilidad de todos, sin culpables. Las caras familiares podían retornar a sus rutinas sin que ningún dedo los señalase, luego de meses de interrogatorios, sospechas entre conciudadanos y chismes maliciosos o mal interpretados.

Me alojé con Rosalía durante el resto del año. La diligencia con la que era tratado me hizo sentir contenido y parte de algo similar a una familia otra vez. Mi abuela pudo conseguirme empleo de inmediato, y al día siguiente del cierre de la investigación ya estaba trabajando en el taller de barcos de Don Eugenio Elia, septuagenario amigo de la familia.

Mi empleo arreglando y remodelando embarcaciones en la fábrica me brindaba un sueldo austero con el que podía vivir con dignidad, si dicha dignidad venia acompañada con un cuarto por el que no pagaba alquiler. De aquel tiempo destacó el conocimiento que adquirí sobre navegación, que resultó útil luego. Pero salvo por dicha excepción, los siguientes fueron meses breves en naturaleza, y sus acciones efímeras o inconsecuentes.

Con el tiempo entablé amistad con los amigos de Isabel, estreché mi relación con su familia y por último hice las paces con Rubén, cuya iracunda indignación se atemperó con la noticia sobre la posible infidelidad de su hermana. Nunca intimamos demasiado, pero de ahí en adelante pudimos coincidir en una misma reunión sin provocar incidentes.

Tras ocho meses de hospedarme en lo de Rosalía comencé a considerar volver a Buenos Ayres y reanudar la vida que conocía. Una vez decidido, seguí la costumbre local y fui puerta por puerta despidiéndome de mis conocidos, explicando las razones por las que regresaba a la capital. Con palmadas de hombros y abrazos fui ganando la aprobación general. Luego de una final mateada en casa de los padres de

Isabel, me fui directo a la estación de ómnibus a comprar el boleto para el mismo día y me senté en un banco de la terminal a esperar que arribase el vehículo de las 6:45 PM.

Pero a eso de las seis y media escuché el disturbio que ocasionaba un individuo corriendo por el hall de entrada. Un muchacho bien parecido hizo su aparición en el andén de salida, mirando hacia todos lados con cara de aprensión.

Nuestras miradas coincidieron y al reconocerme su rostro se distendió. La tensión lo avejentaba y enmarcaba su rostro en una severidad impropia para su edad. Me observó con atención, cerciorándose de que era yo a quien buscaba, y se encaminó a mi encuentro. Debía tener unos veinte y tantos, de tez blanca y cabellos holgados y castaños. Vestía de jeans, camisa y campera liviana. Al parecer el clima frío de Trelew no hacía mella en su juventud.

Tomó asiento junto a mí con absoluta confianza, como si fuéramos conocidos de larga data, y enseguida me interpeló:

-No digas nada y prestá atención. Si intentas algo, cualquier cosa, te juro que no me volvés a ver en tu puta vida. No soy de por aquí, nadie en los alrededores me conoce y tengo el automóvil aparcado en la puerta de entrada. ¿Entendés? -

Asentí entre alarmado y divertido; un hombre tan joven y -por qué no decirlo- bien parecido haciendo esa clase de demandas tenía algo de irrisorio. Parecía un practicante de mafioso en pañales.

Lo siguiente fue irreal. Ni siquiera pensé las palabras que salieron de mi boca, como si la convicción decidiera saltearse al cerebro e ir directo a la yugular. Con natural frialdad interrumpí a mi interlocutor.

-Vos sos el amante de Isabel- sentencié observándolo con irreverencia.

Mis palabras lo sacudieron como bofetadas y creo que, a juzgar por su reacción posterior, influyeron negativamente en su estado de ánimo. Bajó el rostro avergonzado, pero se negó a perder la mano de reparto en la charla y se repuso en breve, mirándome con aun más severidad:

-Eso a vos no te incumbe. No estoy acá para explicarte nada, ni... ni arrepentirme... ándate al carajo, ¡cabrón! -

Los ánimos empezaban a caldearse. Era claro que el sujeto venía acumulando odio de larga data, y yo no estaba de ánimo para que me insultase alguien que había dejado de mearse los pantalones diez o quince años atrás. Menos si antes había dormido con mi mujer. Pero en cambio opté por la agresión pasiva:

-La policía estará interesada en conversar con vos, pibe-

-Que se jodan. ¡Que se vayan a la mierda! ¿Por qué no los vas a llamar, a ver si me volvés a ver? ¿Eh? Que te crees, ¿que estoy acá por gusto? -

-¿A qué viniste, entonces? ¿A refregarme que te acostaste con ella? - pregunté como respuesta.

Dudó, convulsionado por la rabia. Los costados de su frente eran carreteras venosas de las que nacían nuevas bifurcaciones con cada palpitar. Sin embargo, mantuvo la compostura e ignoró mi comentario:

-Vengo a contarte lo que sé de la noche en que… desapareció. - Respiró profundo -Yo había estado con ella en el hotel por la mañana y planeábamos irnos a comer juntos a un pueblo vecino por la noche. Me ausenté unas horas. Pero cuando la fui a buscar por la noche nadie respondió al llamado de la puerta. Cuando no contestó el teléfono no supe que pensar... pero yo no podía llamar a nadie sin revelar nuestra relación...-

-Seguí- lo azucé, entre dolido e interesado.

-Esa mañana Isabel había estado nerviosa. Cuando le pregunté que le pasaba, negó todo. Sin embargo, noté como miraba con disimulo una carta que sobresalía de la cartera. Intente cogerla, pero me la arrebató de las manos y me formó un escándalo. No la moleste más, esperando que ella me contara luego...-

-Los policías no me dieron ninguna carta cuando me devolvieron sus pertenencias. - dije.

-Eso es lo que pensé. No la habría llevado consigo en la cartera por miedo a que, en un descuido, yo la leyese. Solo queda una alternativa en la que puedo pensar: la carta sigue allí en el cuarto, oculta. Estoy convencido de que ahí hay algo importante. -

- ¿Volviste al cuarto a buscarla? - Le pregunté con una afabilidad que me sorprendió. Casi estaba creyendo todo aquel sinsentido.

243

Miró hacia un costado; había culpa en su rostro. Parecía sentir que estando allí conmigo, revolviendo en todo aquello, cometía un agravio irreparable. Me dio la impresión de que protegía a alguien más. Por ello supe la respuesta a mi pregunta antes de que el muchacho la verbalizase.

-No pude. Hay razones... por las que me tomó tanto tiempo volver aquí... y contactarte. - dijo y guardo silencio luego, poco interesado en compartirlas conmigo- Queda en tus manos ver si estoy en lo correcto.

VII

Ya había recorrido la mitad del camino de regreso al 'Mónaco' cuando realmente comencé a tomar en consideración los dichos del sujeto. Si no se hubiese acercado a mí como lo hizo, si en cambio hubiese realizado una llamada anónima, hubiese ignorado sus sospechas. Pero era claro que el creía en lo que decía, tanto como para arriesgarse a hacerse visible. Y yo no perdía nada con sacarme la duda sobre la existencia de esa misteriosa carta.

Eran las últimas horas de la tarde. El sol barrenaba con pereza sobre la silueta media oscurecida y solitaria del pueblo a mis espaldas. Un decadente foco de ritmo urbano se manifestaba en la carretera que lindaba con el motel, donde el tránsito vehicular todavía permanecía constante, en su mayoría camiones con rastras. Bordeé el camino cuesta abajo hasta mi destino y, acuciado por la necesidad de saber, entré en la oficina y pedí por el número de cuarto donde había residido mi mujer. El conserje, a quien no reconocí, ni se inmutó ante mi extraña solicitud y me confirmó que el cuarto, en efecto, se encontraba disponible. Me tendió las llaves sin mirarme y me indicó la forma de acceso. Le agradecí y me hospedé por la noche.

Cerré la puerta de la habitación y observé el cuarto. Todo permanecía casi en idéntica disposición, salvo por las sábanas, el acochado y las cortinas, que se habían remplazado. Intenté pensar en qué lugar Isabel hubiese escondido tal objeto. A diferencia de la policía, conocía a mi mujer de sobra. No entraré en detalles, ya que estos pertenecen a nuestra intimidad como pareja, pero en efecto hallé lo que buscaba. Arrojé la misteriosa carta plegada sobre la cama y extraje del bolsillo mis lentes de lectura.

En un principio no tuvo nada de sorprendente. Era una carta de amor escrita en una caligrafía que no reconocí. No fue hasta que llegué al segundo párrafo que el delirio la atravesó. Incrédulo y sin completar la lectura busqué la firma, y el nombre allí levitó sobre el papel mientras mi cabeza comenzaba a dar vueltas sobre sí misma, metafóricamente hablando.

Caminé en círculos durante un rato, decidiendo que iba a hacer con aquella información. Opté por pasar la noche allí e ir a ver a Rosalía por la mañana; ella prepararía a la gente mientras yo me presentaba en la estación de policía. No tenía deseos de volver a la casa de mi abuela y dar explicaciones durante toda la noche. En ese momento me pareció el curso de acción más prudente. Ahora puedo decir que fue, además, lo que salvó mi vida.

Eran las 5:26 de la mañana en el reloj digital de la cómoda cuando un brusco sonido en el exterior me despertó. Recién había comenzado a clarear, pero la noche todavía era oscura y del lado opuesto de la persiana cerrada no se distinguía nada. Por un instante creí que la habitación había temblado, pero eso era imposible en una zona costera y adjudiqué la sensación a mi soñolencia. Me incorporé intrigado, y solo entonces caí en la cuenta de que se podía escuchar, muy a lo lejos, la música gutural de unas trompetas soplando. Miré la hora roja en la obscuridad del cuarto, verificando que la melodía provenía del exterior y no de la radio insertada en el despertador. Estaba tan cansado que le resteé toda importancia a la melodía, y conjeturé que el estruendo debía haber sido un accidente de camiones o algo por el estilo. Pero el estrépito se repitió tan estridente como la vez anterior, continuado por una atroz ventisca que azotó las persianas y la puerta, y zarandeó el edificio entero. Agudicé el oído y reconocí un creciente número de voces en el exterior, junto a las puertas que se abrían y cerraban en los cuartos vecinos. El sonido volvió por tercera vez y simulaba a algo siendo levantado a la fuerza, como si arrancasen de raíz un árbol gigantesco.

Atiné a prender el velador, pero en el apresuramiento golpeé el reloj digital y lo envíe al suelo, que impacto con un chapoteo. Desconcertado, estiré el brazo e intenté recogerlo, pero la sensación del agua fría corriendo por el piso me despabiló y encendí la luz. La escena era inverosímil: el agua entraba por debajo de la puerta a borbotones, como en una cascada. Di un salto de la cama y crucé la habitación hasta la entrada. Mis pies chapoteaban en la alfombra empapada, que de tan hinchada me impedía abrirla. Los repetidos intentos fueron liberándola y cuando tuve suficiente espacio para escurrirme por el margen, salí a buscar el origen de todo aquello. Juro que nunca olvidaré lo que vi.

El temblor que me había despertado era el producto de un movimiento geológico mucho mayor. La plataforma terrestre en la que se emplazaba Trelew se había elevado, empinándose hasta lo absurdo, como si algo hubiese impactado en la línea costera y levantando la tierra adyacente. Estaba demasiado cerca como para ver que ocurría en la cima, pero pude imaginar el caos y la confusión de las personas allí, una población entera súbitamente levantados en andas. Frente mío tenía un muro de tierra y roca que debía superar los cien metros de altura, y el desnivel ocasionado provocó un descenso del terreno contiguo, ahora víctima de las aguas que se colaban desde el atlántico.

Observé atónito el episodio, mientras la gente a mi alrededor corría desesperada en todas direcciones. El caos se esparcía y nadie sabía para que sitio escapar. Los más listos se arrimaron a los camioneros y le suplicaban por ayuda, pues ellos tenían los únicos vehículos capaces de sortear con efectividad la correntada de agua que ya nos estaba alcanzado los tobillos. Otros, en cambio, habían cedido al pánico e intentaban en vano maniobrar sus automóviles en el terreno farragoso. Desde alguna parte se escuchó el disparo de un arma de fuego, pero nadie le prestó atención.

El siguiente temblor provocó un griterío general, cuando el bloque de tierra fue deslizándose hacia el interior del océano, con la silueta del poblado cabalgando a su cuesta. No podía calcular la extensión total del bloque de tierra, pero entendí que la intromisión de toda esa masa subiría el nivel de agua donde me encontraba. Muchos a mí alrededor, que sufrían un estado de incredulidad similar al mío, parecieron elaborar la misma conclusión y se largaron a la carrera sin más. Pude ver familias enteras corriendo por el descampado hacia el interior del continente.

El instinto me tomó a la carrera, y el razonamiento fue abrumador: nunca conseguiría salir de allí por medios convencionales. Los automóviles se hundían como piedras en el fango y correr a campo traviesa era estúpido a la velocidad que esto sucedía. Nadie en el exterior llegaría a socorrernos a tiempo. Había que adaptarse. Sobrevivir en las condiciones imperantes.

No sé qué me inspiro. En un pestañeo salí disparado hacia la fábrica de Don Eugenio, a medio kilómetro de distancia.

VIII

Corrí sobre la carretera anegada de agua el tramo hasta mi trabajo. No tenía más alternativa a seguir, ya que el pavimento era el único trayecto que soportaba mi peso sin ceder. Encontré algunos vehículos abandonados, pero deseché la idea de montarme en uno y probar suerte. Seguí a pie, resbalando con frecuencia, pero diez minutos después estaba frente a mi destino. No tengo idea por qué esperaba encontrarlo vacío, pero para mi sorpresa las ventanas iluminadas denotaban la presencia de gente en el interior.

A medida que me iba acercando fui encontrando otros automóviles sin pasajeros y los primeros árboles caídos por este peculiar tsunami. Retumbó un trueno, o lo que confundí con un trueno, y el terreno se sacudió otra vez. Las trompetas volvieron a sonar, pero apenas tomé nota. Volteé a ver como a mis espaldas la plataforma de tierra se iba dirigiendo inexorablemente hacia el interior del océano, empujando a su vez otro torrente de agua dentro del continente. La zona se había convertido en un embalse que se saturaría en breve.

Paseé el alambrado caído intentando no tropezarme, extendiendo los brazos para ganar equilibrio. La marea me jalaba por la mitad de la pierna y pronto me tomaría las rodillas. Si la corriente me alcanzaba la cintura, me arrastraría como una rama caída.

Me introduje por la entrada para empleados, ubicada a un costado el galpón principal. Esta continuaba en un corredor donde el nivel de agua descendía un poco y por fortuna pude moverme sin problema. Corrí hasta la siguiente puerta, pero fracasé en todos mis intentos por abrirla. Al fin, aferrando el picaporte con ambas manos, la empujé hasta que cedió, pero una cascada de agua se filtró por la ranura y amenazó inundar el pasillo.

Solté la puerta, aterrado. La hermeticidad del corredor había mantenido el flujo exterior a raya, pero el interior de la fábrica estaba igual de anegado que el exterior. Superando el pánico inicial, volví a pujar, de espaldas en esta ocasión, arrimándome con lentitud hasta la ranura. A pesar de la fuerte presión que me empujaba hacia adentro, fui capaz de colarme y atravesar el umbral.

A unos quince metros se encontraba Don Eugenio en compañía de algunos de sus trabajadores, jalando de uno de los botes a vela más grandes que teníamos terminados. El barco se hallaba sobre un remolque de tres ruedas que, de no haber tenido la corriente en contra, habría vuelto el trabajo de posicionarlo bastante sencillo. Sin embargo, la crecida impedía terminar la tarea e incluso comenzaba a tironear del remolque en sentido contrario, amenazando con virarlo por completo, mientras los individuos jalaban con impotencia.

La presencia de otros seres humanos cooperando para sobrevivir me alentó. Pensé en delatar mi presencia, en unirme a la lucha por sacar la embarcación al exterior, pero una veloz interior sentenció un pensamiento y me detuve: "Nunca lo conseguirán"

Intentaban sacar aquel mamotreto con el propósito de ir juntos, de enfrentar en grupo lo que se avecinase. Era cuestión de tiempo –corto tiempo- hasta que cayesen en cuenta sobre lo inútil de la empresa. El empeño conjunto cedería y cada uno empezaría a buscar una salida individual de aquel desastre.

Pero solo había un par de los botes ligeros. Y, por fortuna, estaban de mi lado del galpón.

Sin producir más ruido del inevitable, me dirigí hacia una de las hileras centrales donde estaban las plataformas con los gomones para río.

Anduve sigiloso por el corredor compuesto por estanterías altas que alcanzaban el techo, cobijado entre ellas.

Escogí el gomón más cercano a la salida y desanudé las cuerdas que lo aferraban, cada vez más atemorizado de que los demás descubrieran lo que estaba sucediendo. Era culpable de un crimen moral sin absolución. Nada de lo que pasase de ahora en adelante sería justo; la justicia era un ámbito ajeno a la naturaleza, y a eso acabábamos de volver. A la naturaleza. El mundo binario de blancos y negros; ver el siguiente amanecer o extinguirse a los pies del pedestal que otro escalará.

El bote corrió desde el estante hasta posarse sobre el agua a la altura de mis rodillas. Suspiré aliviado al verlo moverse al compás de la superficie fluctuante, flotar y esquivar con indiferente gracia la gravedad que nos atoraba a los demás. Fui empujándolo hasta el final del corredor junto al portón de salida y volteé hacia atrás.

Don Eugenio había tenido la misma idea que yo, apenas demasiado tarde, y me miraba desde el otro extremo del pasillo con sorpresa, incrédulo de encontrarme allí. El ruido del agua bullente me impedía escucharlo, pero la expresión en su rostro daba una cabal idea de los insultos que su boca no perdería tiempo en pronunciar. Le grité que aún quedaba un gomón disponible, pero no creo que me haya oído. La verdad es que les sería cercano a imposible extraer el otro en medio del caos, ya que los restantes se encontraban tres niveles por arriba del mío y el agua continuaba subiendo.

Era peligroso quedarme allí. Pronto los demás seguirían a don Eugenio y era seguro que intentarían quitarme lo que les había arrebatado. Con esfuerzo empujé la balsa hacia el exterior, reprimiendo la tentación de embarcarme en el acto. Una vez convencido de que la corriente no me devolvería al interior de la fábrica, di un salto y subí al gomón.

El paisaje era desolador. Los lugareños trepaban a los techos de sus casas en un intento por evadir la crecida, y los tejados se volvieron la guarida final de quienes tenían la tenacidad para sobreponerse al miedo. Las caras que vi aguardando por un milagro reflejaban el desconcierto y el asombro, pero también la derrota. Algunos me vieron pasar con mansa resignación; otros, con arrolladora envidia.

No presencié acto alguno de heroísmo. Si lo hubo no fue entre aquellos hombres y mujeres arrinconados a sus instintos. Entre otras cosas, recuerdo ver con horror como dos hombres combatían con ferocidad por un espacio colgados de un poste telefónico.

Remé con mis manos para mantenerme alejado de otros seres humanos. Conté al menos dos docenas de ellos, distribuidos en lo alto de las casuchas dispersas cerca. Quienes me veían pasar me gritaban sentencias incoherentes, suplicantes, agresivas, y todas por completo ridículas; mi balsa no soportaría la presencia de más de dos personas, y no quería verme en la necesidad de tener que batirme a duelo por la permanencia en una embarcación que yo mismo había robado. Agradezco al cielo que nadie me ofreció ningún niño para rescatar, porque sé con seguridad que me hubiese negado a tomarlo.

Al estar en un área de escasa urbanidad, en poco tiempo perdí de vista toda forma de construcción humana, mientras notaba el modo en que la marea me empujaba mar adentro. Mi único referente era la montaña artificial que había levantado al pueblo desde sus cimientos, y que comenzó a sumergirse en forma notable dentro de las aguas. Evité, perdido en altamar, pensar en todas las vidas que conocía que se hundían con ella.

Y del mismo modo en que ocurrió toda esta LOCURA, la desaparición y -era obvio ahora- factible asesinato de Isabel, la destrucción de Trelew, la inundación, el levantamiento de la tierra, sucedió aquello que ya no estoy seguro de creer haber visto, pero de todas formas testificaré:

Mientras presenciaba la inmersión de aquel fragmento de continente, vi como una multiplicidad de gigantescos tentáculos emergieron del mar y envolvieron la masa de tierra entera, abrazándolo y tironeando en el tramo final. Dichas prolongaciones debían medir kilómetros de largo y ancho, y engulleron al poblado entero dentro del océano en apenas unos minutos, mientras yo perdía el conocimiento, preso de la histeria.

Ahora, perdido por días en el extenso azul, deshidratado y sin fuerzas, nada de eso importa. Ni los asombrosos tentáculos que desafían mi credulidad, ni las vidas perdidas en Trelew. Ni siquiera la carta hallada en el cuarto del motel, donde el hermano de Isabel, Raúl, le declara su amor por tercera vez y le pide disculpas por la violenta reacción que tuvo la noche anterior, causada -según él escribe- por los repetidos rechazos de mi mujer.

Ahora comprendo aquella mirada persistente a la que erróneamente adjudiqué angustia; en ella cohabitaban la envidia malsana de no poder compartir una mujer ya compartida, por un esposo y un amante, y asimismo ser el responsable de haber eliminado cualquier futura esperanza, al arrebatarle la vida al ser amado.

Pero repito, ya no importa, dado que todos tendremos nuestro descanso final en el mismo lugar.

Fin

Federico Rodríguez

La Era de Dios

Federico Rodríguez

SEGUNDA GUERRA DE INDEPENDENCIA AMERICANA.

La Segunda Guerra de Independencia Americana fue un conflicto bélico que enfrentó a las colonias republicanas en la costa este del Jahannam contra la tiranía del gobernante conocido como el Ayatolá, quien regía el planeta Tierra tras los eventos del Yawm al-Qiyāmah (día de la resurrección).

La historia narrada a continuación, que comienza a mediados del Siglo XXI y continua por cerca de 300 años hasta el fin del Tercer Califato Universal, es contada desde la perspectiva de un habitante anónimo del Jahannam, conocido por sus residentes bajo el nombre de Infierno o América.

Nota del Traductor.

Federico Rodríguez

Era del Hombre (SXXI-Gran Resurrección)

No me quedan muchos recuerdos de las numerosas veces que he repetido mi vida. Todas mis reencarnaciones son prácticamente idénticas, existencias consecutivas sofocadas por el sufrimiento y abreviadas por la infortuna. La muerte al final de una es continuada por los gimoteos y el abrupto dolor de volver a nacer en este pútrido mundo, reteniendo migajas de lo acaecido durante la anterior; la mayoría del conocimiento se pierde a causa de la austeridad de la mente humana, que no alcanza a preservar la enorme cantidad de experiencias de quienes retornamos, como en mi caso y el de tantos otros condenados al Jahannam.

A causa de ciertos sueños que el amanecer no disipa, concluyo que nací -por primera vez, me refiero- en algún punto anterior al establecimiento del Reinado Divino. Crecí en lo que ahora es referido como la Era del Hombre, época de la que solo quedan fragmentos brumosos en la mente y algunas ruinas colapsadas donde antes hubo ciudades, puentes o monumentos.

En la actualidad, las leyes establecidas por el Ayatolá vuelven el oficio de investigar el pasado un hábito peligroso. Recordar el mundo que fue equivale a añorarlo, y por ende Su Santidad decretó dicha práctica una de las muchas formas que toma la apostasía. Desde entonces está inscripta junto a los restantes crímenes del hudud, como la blasfemia, el adulterio, el robo y la homosexualidad.

Quienes hemos decidido tomar el riesgo de recopilar la historia perdida lo hacemos en secreto, y solo en extraordinarias ocasiones compartimos lo hallado. Eso complica el asunto, ya que es imprescindible contraponer los recuerdos para verificar su autenticidad. Los testimonios se confunden con frecuencia en el embrollo de la mente, y aquello fantaseado, quizás algo leído o un rumor escuchado se vuelven imposibles de distinguir de lo experimentado en la vida real. Por fortuna, con el paso del tiempo fui descubriendo espíritus afines en los cuales confiar, con similar aprecio por la discreción e idéntica repugnancia por el apedreamiento.

Fue así como prendí que en ninguna de mis vidas fui un mago recluido en un pozo circular, quien descubrió un lenguaje todopoderoso sobre el pelaje del tigre haciéndole compañía en el lado opuesto de la celda; aquello no es más que una fábula que por alguna razón rememoro pero que nunca sucedió.

Tampoco fui yo quien encontró el Zahir, la moneda perversa que maldice la existencia y que siempre retorna a su portador, sin importar cuan meticulosos sean los intentos por extraviar el condenado artefacto. Otra argucia literaria que nunca encuentra testigos oculares en mis famélicos y harapientos camaradas, y quienes en ocasiones se burlan de mi egocentrismo e ingenuidad por creerme protagonista de semejante enredo.

Si, por el contrario, todos coincidimos en haber presenciado el retorno del Ayatolá en compañía de sus Huestes Celestiales, al recordarlos descendiendo del cielo bañados por una luz magnífica y profética. Vienen a mi -a los demás también- las imágenes sacudidas en los televisores y la interferencia en las transmisiones de radio, mientras los cronistas cubrían la avanzada bélica del Ayatolá en contra de sus enemigos.

Existen quienes sugieren que el reinado comenzó justo antes del Sagrado Descenso y que su punto de origen se remonta a una instancia anterior, pero sus historias no poseen mayor validez que las mías, nunca sucedidas. Balbucean imágenes fraccionadas, y alegan extravagantes sucesos que nunca pueden corroborarse; movimientos sísmicos, trompetas repicando desde ninguna parte y cielos color sangre. Los más imaginativos testimonian haber sido elevados por los cielos justo antes del Retorno, para luego ser aventados, sin escrúpulos, de vuelta a la tierra debajo. El quien, cuándo o el por qué permanecen en la incertidumbre.

Otros, dispuestos a imaginar las aventuras que nunca osarían vivir en la realidad, sugieren la existencia de una insurrección secreta que combatió las fuerzas del Jannah mucho antes de su aparición pública, y se jactan con romántica nostalgia de haber sido los combatientes que perdieron la guerra anterior al holocausto. Quizás verdad, quizás delirios, nunca se sabrá en forma fehaciente. Es inútil ponderar.

En todo caso, nadie supo tampoco la forma en que un ignoto fundamentalista islámico adquirió un poder equivalente al de Dios, capaz de alterar la realidad a su placer. Tanto la prensa como los militares fueron incapaces de averiguar algo de relevancia acerca de él, los orígenes de su poder o el de las criaturas que lo asistían. Solo una cosa fue evidente desde el inicio: era imbatible. Todos concordamos en testimoniar -con incurable estupefacción- como el Soberano solo debía apretar su puño para que la denominada 'Flama del Creador', la fuente de poder aferrada a su antebrazo, destellase cumpliendo sus deseos. Fue mucho después que descubrimos que la osamenta bovina, con el todopoderoso fuego ondulando entre sus astas, se suponía eran los restos mortales de la última forma adquirida por Dios sobre la tierra.

Presumo que entonces los fanáticos religiosos debieron celebrar el triunfo de su creencia con ánimo proclive al desenfreno. No cuesta imaginarlos saqueando embajadas y derrocando gobiernos, cuando no rebanando el cuello de los apóstatas. Un mundo súbitamente arrojado a las antípodas de la racionalidad debió perder el juicio de forma acorde.

Luego, en una serie de eventos que desafían la cordura, muchos de nosotros rememoramos como el Ayatolá comenzó la ejecución de su plan maestro, de la forma que solo él era capaz, convirtiendo al planeta entero en un ladrillo de manteca sobre una sartén caliente:

Con dos cortes, como si explorase el interior de una naranja, abrió el mundo y lo alisó acorde a su interpretación personal de los textos sagrados, purgándolo de su blasfema esfericidad. Luego circunscribió las fronteras de las aguas y el firmamento debajo de una cúpula indestructible, en cuya cima apostó la ciudad sagrada, el Jannah, traída desde los confines del universo para hospedar a la elite del régimen.

Aun en ausencia de mis camaradas, mi propia memoria me bastaría para describir lo sucedido unos días más tarde, durante la Gran

Resurrección; recuerdo con nitidez a los arcángeles trasplantando los Árboles de la Vida, provenientes del Jannah, en la Tierra. Estos instrumentos de justicia celestial contenían las almas de los billones de seres humanos fallecidos a lo largo de la historia de la humanidad, a quienes traerían de regreso con el propósito de ser juzgados de acuerdo a la fe del Soberano.

Esta reencarnación les otorgaría una segunda oportunidad para demostrar su lealtad al nuevo orden, y una irremplazable ocasión para distanciarse de cualquier forma de apostasía o sacrilegio durante la vida anterior. Cada ser humano que alguna vez hubo de vivir en este mundo fue gestado nuevamente dentro de los frutos de los inverosímiles árboles y más tarde parido por segunda vez, con sus respectivos nombres tatuados sobre el hombro derecho.

Al fin, el gobernante dividió a la población en dos grupos, 'culpables' e 'irredimibles', y rehízo la geografía terrestre en dos supra continentes para que cada uno habitara. En el designado para los peores convictos - referido informalmente por su nombre original, América- reinaría el sufrimiento, llovería ceniza y se respiraría un aire atestado de azufre. La tierra mataría todo lo que en ella se sembrase, sentenciándolos al hambre y al atraso. Y como el castigo debía ser eterno, también plantó los Árboles de la Vida allí, condenando a sus habitantes a un impermutable ciclo de muerte y resurrección, que los atraparía en el tormento por siempre. Al morir, la esencia de la persona retornaría a la tierra, donde las raíces de los Árboles la capturarían y traerían de regreso. La muerte nunca más sería liberación.

Ese es mi hogar, junto al de tantos otros.

En lo que restaba del mundo, que darían por llamar Purgatorio, la vida sería sencilla y libre de libertad. Los fieles debían vivir bajo la estricta aplicación de los textos sagrados, como en la antigüedad. Esto les otorgaría la humildad y la devoción necesarias para, algún día, ser bendecidos con el privilegio de radicarse en la Torre de la Virtud, la gigantesca estructura por debajo del Jannah, que la conectaba con el mar dividiendo ambos continentes.

Reinado Divino I (Gran Resurrección-III Califato)

A lo largo de múltiples vidas vi interminables disputas religiosas y conflictos militares desenvolverse y prosperar entre los habitantes del Jahannam. Peleé como soldado de fortuna a favor y en contra de tantísimos regentes e ideologías. Califas, Bolcheviques, Papas y Generalísimos se turnaban la regencia del continente americano sin que hubiese nunca otro ganador que quien nos observaba con ánimo entretenido desde la altura.

Sin embargo, siempre parecen existir hombres testarudos y mujeres astutas que permanecen siendo quienes fueron destinados a ser, y reinciden en sus intentos por romper la historia. Fue muchos años atrás que fui testigo de lo mencionado, y comenzó el día de la llegada de una familia de refugiados a la estancia 'Monticello', en el estado de Virginia.

El dueño del lugar, un viejo hacendado de cabello rojizo y actitud recta de apellido Jefferson, fue alguna vez un importante cabecilla revolucionario en el único intento de insurrección contra el Jannah. Al mando de un ejército compuesto por guerreros provenientes de todos los rincones de la historia, batalló contra las fuerzas del Primer Califato dos décadas después de la Gran Resurrección. Tras perder la contienda y ser exiliado en el Jahannam, decidió convertir su viejo hogar colonial en un centro de ayuda para los desamparados, proveyéndoles un techo y un ocasional plato de comida.

A simple vista solo destacaba de los forasteros la vestimenta; finos hilos dorados en las costuras y paños de calidad adornando desde la cabeza hasta las sandalias, demasiado costosos o difíciles de adquirir para los locales. Por aquel entonces yo me hospedaba en una de las habitaciones del primer piso, junto a una docena de indigentes atiborrando el estrecho rectángulo. Al salir al pórtico a fumar mi roída pipa de madera, los vi descender de sus monturas, en compañía de la mano derecha del dueño del lugar, un sujeto entrado en años llamado Arquímedes.

La comitiva consistía en dos hombres rondando los 50 (longevidad inusual en el Jahannam), uno alto y de semblante severo; otro corto, regordete y con expresión paternal y jovial. Traían por compañía dos jovencitas de edades y alturas dispares, vestidas con los niqab característicos de las mujeres decentes, que no enseñaban un centímetro de piel o cabello más allá del obligado. La menor, de unos 13 o 14 años y referida en voz alta por el nombre Juana Inés, llevaba su precioso rostro níveo descubierto y sonreía con la expresión perpleja del turista descubriendo sus alrededores. Junto a ella estaba una mujer morena cercana a los veintitantos años, quien luego se presentó como su hermana adoptiva. El lenguaje corporal delataba el cariño que las unía, en especial la peculiar manera en que la hermana mayor sobreprotegía a la pequeña, de inmediato interponiéndose si alguien desconocido se aproximaba o ayudándola a cargar con los bultos tras desanudarlos de los flacos del caballo.

Sus mayores la llamaban Ayyan Alli.

Al día siguiente se sumaron a los quehaceres normales junto al resto de nosotros. Yo sospechaba que la familia había emigrado desde el Purgatorio, y mi presunción pareció hallar merito cuando, algunos meses después, miembros de la antigua resistencia armada visitaron el refugio para conversar con ellos, escoltados por el soldado de fortuna conocido como Lord Byron y a su hija Ada.

Durante su estadía en el lugar, Lord Byron forjó una amistosa relación con las hijas de Ibn Sina y con su leal compañero Ibn Rushd, llegando a convertirse en el tutor de las jovencitas en menesteres como la cacería con rifle y la esgrima con espadapluma -el famoso sable liviano inventado por los revolucionarios durante la insurrección.

Quién sabe si de algo mas también, no sé si me explico.

Sin embargo, nada de eso bastó para proteger a Ayyan de un triste episodio, del cual solo mencionaré lo más relevante; tras un fortuito encuentro entre la jovencita, Arquímedes y un grupo de soldados continentales de regreso a Boston, Ayyan fue víctima de un cruel acto de sadismo que le arrebató la capacidad del habla. Pasó semanas en recuperación, pero gracias el incondicional amor de su familia y la asistencia de Jefferson -secundado por un traficante ilegal de medicamentos, de apellido Paine- consiguió recuperase. El círculo familiar -incluido Jefferson- resolvió aprender el lenguaje gestual junto a Ayyan, anhelando prevenir que la inesperada discapacidad exacerbase su introversión y se recluyese en el trauma. Ni siquiera el Infierno encuentra fácil destruir a una familia bien constituida.

Como consecuencia de lo sucedido, comencé a notar el incremento en la frecuencia con la que Ayyan y Jefferson compartían sus conversaciones en el porche de entrada, al finalizar la jornada laboral. Estas pasaron de esporádicas a crónicas. Se los podía escuchar -a falta de un término mejor- disertando sobre historia o filosofía, intercalando su coloquio con sorbos de la bebida favorita del caudillo, el mate. El talante reservado que los caracterizaba, quizás por su similitud, daba un vuelco en la presencia del otro. Recuerdo mi suspicacia al no percibir, desde mi punto de vista, flirteo o tensión sexual entre ellos. Parecían, con total sinceridad, disfrutar de su mutua compañía.

Pero al anochecer, tanto Jefferson como Byron volvían a enclaustrarse en las reuniones secretas que habían motivado el viaje del soldado hasta Monticello. Al avanzar los meses se fueron sumando nuevos visitantes como Hipatia de Medellín, Albert Einstein y Kong Qiu -conocido por sus colegas en Warwick como Confucio-, junto a otros pocos privilegiados. Por mucho que intenté ponerme al corriente de lo que ocurría, todo resultó en vano. Fuese lo que fuese lo que planeaban a puertas cerradas, yo me encontraba convencido de que habría quienes pagarían buen dinero por estar al tanto.

Por aquel entonces me encontraba trabajando como informante al servicio del comandante Gengis Khan del poderoso Imperio Mongol, cuya influencia se extendía desde la frontera sur del Salvador hasta las cimientes del Misisipi. Actuar como soplón nunca me enorgulleció, pero puestos a admitir falencias y vergüenzas, he cometido crímenes mucho peores. Sobrevivir es un constante yugo moral en la tierra de los apóstatas.

El caso fue que, al arrojar al pichón mensajero mencionando la presencia de Byron en Monticello, nunca imaginé que el mismísimo Khan encabezaría un masivo ataque a la propiedad, intentando saldar cuentas con su -desconocido para mí por entonces- viejo rival.

Atormentado por la culpa de la matanza y subsecuente quema del refugio, escapé y me perdí en la vastedad del continente infernal. A medida que confraternizaba con otros indigentes a lo largo de mis viajes, escuché con reiterada frecuencia ciertos rumores y muchas desalentadoras noticias. Se intuía la aproximad de un cambio radical, pero nada proyectaba alguna mejora para individuos en mi situación.

En un pequeño asentamiento llamado Bisbee, en la vieja Arizona, un viejo ruinoso, ebrio de demencia y sin un ojo mencionó que pronto todos cargaríamos dos ángeles sobre nuestros hombros, que controlarían cada acto y pensamiento para compartirlo con las autoridades religiosas. Los musulmanes los llamaban Escribas Celestiales. Reí como un imbécil, incrédulo, sin saber que gente mucho mejor informada que yo estaban movilizando tropas y artillería para impedir que a ese factible rumor se volviese realidad.

En una villa miseria cerca de Boonsboro, dos prostitutas enfermas de sífilis compartieron sus lechos y una historia conmigo, que les había legado un antiguo yihadista exiliado en el Jahannam, expulsado de la guerra santa en contra de todas las otras especies poblando esta galaxia, acusado de deslealtad y cobardía. Como parte del ritual que antecede al coito, en su borrachera triste el exsoldado les había confiado las atrocidades que el ejército del Ayatolá -del cual el mismo había sido parte, reiteraba con ambiguo orgullo- había cometido en nombre de convertir adeptos, y como los Corderos del Califato -la elite bélica del régimen, seleccionados por el Soberano en persona y referidos coloquialmente como los 'corderos del ocaso' por su capacidad destructiva- junto a su armada de ángeles arrasaban civilizaciones, planetas, sistemas solares enteros si estos no juraban lealtad al nuevo gobernante divino.

Eventualmente me sumé a una columna de mineros en un campamento en Dormont y aprendí dicha profesión, recitando la plegaria silenciosa de quienes buscamos la exoneración por nuestras faltas; que el cuerpo aguantase el yugo del labor honesto y mal pago, millas bajo tierra en túneles de roca prestas a colapsar al menor traspié, respirando las heces del diablo, y le permitiese al alma ganarse el pan y el sustento sin arrebatarle nada a nadie, sin cometer otras injusticias, si tan solo fuese para ganarme una pizca de la redención deseada por mis pecados como soplón para asesinos.

En las noches de tertulias y alcohol rancio mis camaradas compartían sus fantasías y chismes, que nadie sabe cuánto de verdad contienen: un guerrillero comunista y un cacique tribal declarando la independencia del Imperio del Sol en el Alto Perú; una criatura mitad humana y mitad mecánica, conocida como Madame Guillotine, en compañía a su padre Maximiliano, que masacraban a los Mongoles de los pantanos de Luisiana; la improbable revelación de la existencia de una armada secreta dispuesta a combatir al Jannah con tecnologías prohibidas, conocida como The Thermidorian Army; La movilización de un ejército Chino-Ruso compuesto por 3 billones de feroces guerreros en camino a la muralla del domo, para escalarlo y tomar el control de la ciudad divina por la fuerza.

Por supuesto daba igual si eran fantasías o no. El Soberano poseía el poder de Dios. No podía ser desafiado.

Sin embargo, fue la historia que escuché de boca de un bravucón embriagado, no tanto atrás, la que me alertó del cambio de paradigma, al descubrir con asombro que conocía a las mujeres que la protagonizaban.

El sujeto que se nos sumó para la cena aquella noche vociferaba que, hasta un año o dos antes, había sido parte del personal de mensajería al servicio del Califa de San Bernardino, California. Mientras calentaba su plato de comida sobre el carbón de la hoguera, presumía con desparpajo que había viajado por todo el continente durante su tiempo de servicio, montado sobre uno de los mitológicos Buraq, mérito del que pocos podían vanagloriase. La fantástica criatura otorgada por el Jannah a los Califas locales, descripta como un caballo alado con rostro de mujer, le permitió recorrer distancias de otra forma imposibles con cualquier otro medio de transporte.

No mucho atrás, alegó, había estado en el poblado de Whittier, en el extremo norte del continente, llamado así en honor al glaciar vecino con el mismo nombre. Obviamente, dijo y tosió incómodo por la redundancia, para luego continuar contando que la comunidad local, compuesta por unos trescientos residentes, viven casi por completo en el interior de un único edificio. La temperatura nunca entibia por debajo de los 18* C grados bajo cero, y la tarde en cuestión nevaba copiosamente con una ventisca moderada.

El lugar es la última parada antes de la conocida 'frontera habitacional', la zona después de la cual el gradual aumento de la fuerza de gravedad, consecuencia de la nueva fisonomía terrestre, convierte al resto de Alaska y el norte de Rusia en territorio inhospedable.

Según contó el sujeto, estaba a punto de subir a su montura tras dejar la carta lacrada en la oficina del gobernador y volver de regreso cuando, de improvisto, vio emerger a dos mujeres corriendo fuera del túnel de acceso al poblado, con dirección a la frontera. Vestían túnicas blancas cubriéndoles desde el cabello hasta las rodillas, reforzadas para soportar el frio. Llevaban mangas largas y guantes, con pantalones abrigados y botas diseñadas para andar sobre la nieve. La más pequeña de las dos era una jovencita de tez blanca que empuñaba una espadapluma hecha a su medida, como las utilizadas en entrenamientos, y corría a la cabecera. Era seguida por una mujer morena, alta y esbelta, con una enorme serpiente blanca a cuestas sobre sus hombros. Cargaba un mosquete largo, sujeto con una correa alrededor de su hombro izquierdo, y giraba la vista con obsesiva frecuencia hacia la entrada del pasadizo. Era evidente que alguien o algo las perseguía.

Pero lo sorprendente era que -agregó nuestro testigo con tono dramático y los ojos muy abiertos, dirigiéndose a cada oyente en el círculo- la mujer negra cargaba sobre su cintura un arbusto pequeño envuelto en llamas, idéntico al mencionado en las escrituras hablándole al profeta en nombre del Creador, que chisporroteaba con el rocío de la nieve cayendo. Sorprendentemente las flamas no prendían su ropa ni chamuscaban su piel.

Los frutos del misterioso árbol, juraba el borracho, tenían la forma de enigmáticas letras que oscilaban de un lado a otro con el trote. Cada vez más exaltado, el tipo aseveraba haber visto como deambulaban sobre sus ramas fantásticas criaturas en miniatura, que en el estupor inicial confundió con jinns o algún otro tipo de entidad demoniaca. Así finalizó expectante, mientras aguardaba por un bullicio de incredulidad.

Nadie lo hizo. Un poco decepcionado, continuó.

En todo caso, el guardia escoltándolo se arrojó a la carrera detrás de las intrusas. Cuando llegó hasta su rastro sobre la nieve, otra figura surgió de la negrura del corredor. Al verlo el soldado olvidó a las mujeres y descolgó su rifle, dándole la voz de alto al sujeto que avanzaba a toda prisa en su dirección con ánimo hostil.

El mensajero del Califa quedó boquiabierto al ver como el intruso daba un salto de una altura y distancia sobrehumanas y caía sobre el guardia que continuaba disparándole sin efecto, rebanándolo a la mitad con una extraña arma que había desenvainado en el aire. El agresor permaneció arrodillado como si practicase algún tipo de ceremonia, mientras aguardaba que las dos mitades del soldado fueran deslizándose hasta desprenderse y caer hacia los lados. Por fortuna la espesa capa de nieve mantuvo la vertiente de entrañas y sangre fuera de la vista.

Al incorporarse, nuestro narrador notó que la criatura de apariencia humana estaba completamente desnuda y debía medir por arriba de los dos metros de altura. Su piel era lechosa, adornada con manchas de color gris como las de un jaguar. Sobre su cabeza sin vello, el cráneo de un enorme felino decorado con una docena de plumas negras oficiaba de casco, mientras la mandíbula del animal se acomodaba sobre el mentón. Solamente cargaba una lanza de madera negra en una mano, un escudo circular en el antebrazo y la maza-espada con la que había despedazado al escolta, que por la descripción presumo era un macuahuitl ritual. A voltear en dirección al mensajero, este vio que no tenía ojos o boca, remplazados con tiznes de jaguar, igual que sobre el resto de su anatomía. Sin mediar otro momento la criatura continuó la persecución de las mujeres.

Luego de intercalar algunos tragos de Pruno y Pájaro Verde, el mensajero confesó entre carcajadas que otro guardia lo encontró una hora antes de la cena, mientras realizaba su ronda, todavía paralizado junto al Buraq y empapado de su propia orina. Balbuceando incoherencias, y sin poder explicar la razón por la cual uno de los custodios yacía partido a la mitad en medio del descampado, sus superiores tomaron la salomónica decisión de despedirlo en lugar de acusarlo de homicidio. En aquella instancia ya no reía.

Yo tampoco. Estaba seguro de conocer la identidad de dichas mujeres, y sospechaba que la criatura -por las habilidades atribuidas- era uno de los Corderos en persona. Les desee prósperos augurios para mis adentros mientras me disponía a dormir próximo a las brasas todavía calientes.

Federico Rodríguez

Reinado Divino II (III Califato-Fundación de la Nación Americana)

Con el correr de las subsecuentes semanas, las historias sobre misteriosos individuos cargando bonsáis ardientes fueron multiplicándose. Debido al gradual incremento de elementos fantásticos en los relatos, la mayoría de mis camaradas los juzgaron ridículos, indicando acertadamente que el Ayatolá nunca permitiría la presencia de algún poder similar al suyo, y que erradicaría a su poseedor de inmediato, lo cual podía llevar a cabo con un mero pensamiento. Los más eruditos incluso sospechaban estar en presencia de un fenómeno bien documentado en la historia de culturas aplazadas como la nuestra, la confección del mito del "libertador". Pero a pesar de todo, los nómades errantes -que en muchos casos afirmaban ser testigos directos de lo narrado- protestaban insistiendo en su legitimidad.

Antes de las primeras nieves, un correo llegó desde el pueblo de Custer County, en la vieja Dakota del sur, describiendo una escena inverosímil; una batalla entre dos de los Corderos del Califato y dos individuos desconocidos, una mujer morena con rastas blancas bajo su tricornio y un hombre alto de cabellos rojizos, ambos vestidos como revolucionarios y portando las enigmáticas zarzas sobre sus espaldas. Igual que en la historia del mensajero, la joven llevaba una serpiente blanca a cuestas. El combate se desarrolló a los pies del monte Rushmore, entre las decapitadas esculturas de los presidentes americanos, que siglos atrás embellecieron la fachada del muro pedregoso.

La correspondencia narraba como la mujer movía sus brazos, manos y dedos escribiendo en el aire palabras hechas de fuego, que brotaban de los frutos pendiendo de las ramas. Luego las inscripciones decantaron en objetos sólidos de variada estirpe; la mujer se protegía de los ataques detrás de un Sol de Mayo en forma de escudo, que llameaba como una estrella, pero con el semblante de un hombre disgustado. A su vez, la mano opuesta sostenía -de acuerdo con la carta que pasaba de lector en lector con equivalente estupefacción- un sable largo, cuya mitad superior de la hoja era una cadena montañosa con picos nevados en miniatura. El fragmento de realidad estaba vivo y regaba el caudal del deshielo hacia el acero debajo, donde se acumulaba pendiendo del filo en forma de ínfimo rocío. Simultáneamente, las restantes frases flamígeras dieron génesis a un enorme tigre que se precipitó sobre el contrincante yihadista en defensa de su ama.

Mientras tanto, el hombre enfrentaba a su oponente izando una pértiga en función de antorcha, sobre cuyo extremo en llamas susurró una sentencia. Como si fuese un experto lanzafuegos en un acto circense, su voz esparció la bocanada de sílabas ardientes por el aire, escribiendo proclamas provenientes de textos ahora extintos o prohibidos:

We hold these truths to be self-evident,

que todos los hombres son creados iguales,

qui sont dotés de certains droits inaliénables qui parmi eux hi ha la vida, la

llibertat i la recerca de la felicitat.

ku ew ji hêla Afirînerê xwe ve bi hin Mafên neguhêrbar hatine, سان عطا كن تا ،

ته انهن مِ

自由和追求幸福。 *this nation shall have a new birth of freedom.*

- mön ard tümnii zasgiin gazar, ard tümen,

ard tümnii tölöö, shall not perish from the earth.

Quienes atestiguaron y luego escribieron, con perpleja certitud, el aspecto adquirido por el fuego ondeando tras pronunciarse el encantamiento, lo definieron como una "bandera de la declaración." Eventualmente, la pareja de revolucionarios derrotó en sangrienta trifulca a los Jinetes y se largaron antes que los refuerzos enviados por el Jannah diesen con ellos.

Los testimonios que recopilé a lo largo de meses variaban de protagonistas y de ubicaciones, pero un elemento persistía en todos: la presencia de los misteriosos bonsáis mágicos. Quienes fueron acusados de poseerlos, pasaron pronto a la clandestinidad. Como respuesta, el régimen incrementó la presión sobre los ciudadanos, fomentando chivatos y traidores. Se dice que el embajador de Massachussets, un procaz joven de talante impulsivo y descomunal inteligencia llamado Benjamín Franklin, fue visto huyendo de la localidad tras luchar con los soldados del Califa de Massachussets. Mediante "hechicería desconocida", se cuenta que "arrojó rayos eléctricos sobre los jinetes" volando en sus Buraqs.

La rivalidad entre Hipatia de Medellín y el Mushir del Ayatolá, Cirilo, parece haberse resuelto cuando la filósofa y matemática demolió la totalidad del cielo raso de una mezquita sobre él, sin que un solo fragmento rozase el cabello de los doscientos veinte feligreses congregados, mediante "conjuros geométricos" imposible de entender. En simultaneo, los señores Ibn Rushd, Nikola Tesla, Bertrand Russell y la señorita Ada Lovelance fueron vistos asistiendo a unos exiliados republicanos sobre los glaciares de Montana, y los testigos describen sus proezas como "inverosímiles".

La mujer con la serpiente vuelve a aparecer en otras tres ocasiones. Una es peleando en el Amazonas Colgante del antiguo Brasil, donde la jungla entera pende boca debajo del interior de la cúpula terráquea. Estaba en compañía de dos conocidos revolucionarios americanos, los señores Soriano y Borges, y se la incluye en un combate contra soldados leales al régimen. Durante la batalla, se la describe rodeada a la altura de la cintura por un -cito- "delgado mar horizontal, de unos cuarenta pies de extensión y unos pocos centímetros de espesor, que flotaba sin tocar el suelo, embravecido por genuinos vientos y nubes tormentosas sobrevolándolo". Cuentan que se movía a su par mientras asestaba sablazos o disparaba su revolver, como si los uniese un innegable vinculo gravitacional. Igual que con el tigre, había aparecido luego de ser descripto – 'relatado' sería el término correcto- con palabras de fuego ondeando en el aire, que se convirtieron en materia sólida.

Reaparece unos meses más tarde, nuevamente escoltando al sujeto pelirrojo, pero en esta oportunidad cerca de las ruinas de la ciudad invertida de Buenos Ayres -famosa porque sus construcciones abandonadas oscilan volteadas en la cara interna de la superficie del mar- en la costa platense del Jahannam. Varios testigos confirman la existencia de una reunión con la líder de la oposición regional, la señora Eva Duarte de Lynch.

Al fin, en lo que quizás sea la narración más detallada de un combate protagonizado por uno de los poseedores de las zarzas, se la vio por última vez en el llamado Jardín de los Dioses, en el viejo estado de Colorado. Los colores que habían vuelto el lugar legendario centurias atrás fueron remplazados por el tono gris de la ceniza lloviznando desde el Advenimiento del Ayatolá, que lo convirtió en un camposanto sin flora. Sin embargo, la mayoría de los pilares y rocas balanceadas permanecían indemnes, y los habitantes originales junto con sus descendientes -Lakota, Ute y Apaches, entre otros- todavía celebran con discreción sus festividades prohibidas en el área. Fueron ellos, agazapados a la diestra de la pelea, quienes atestiguaron lo sucedido.

Comenzó con un disparo resonando en la lejanía, que alertó a las tribus de la presencia de extraños. De inmediato se dispusieron a huir, creyendo que se habían delatado. Pero la respuesta a la descarga fue una explosión del lado opuesto del diminuto valle, por lo concluyeron que no estaba destinado para ellos. Luego de una breve disyuntiva, optaron por esconderse en lugar de desbandarse a campo traviesa, aunque algunos objetaban que las explosiones se estaban aproximando y por ende el riesgo era quedar atrapados en un fuego cruzado. Al fin la coincidencia probó a estos últimos correctos, cuando trajo a los contendientes hasta donde se encontraban ocultos.

Vieron acercarse al Cordero de nombre impronunciable; andaba a torso desnudo, exhibiendo sus tatuajes en árabe, con pantalones oscuros raídos y descalzo en las plantas de los pies. Aferrado con correas de cuero, ostentaba el cráneo de un triceratop de cuernos ondulantes sobre su espalda. En las cuencas vacías de la bestia atesoraba lanzas de distinta longitud y estilo. Todas ellas contaban con el sello personal del Ayatolá pendiendo de sus filos. Durante el cuerpo a cuerpo blandió su hacha arcaica -compuesta por una larga empuñadura curva terminada en una roca triangular, anudada con sogas- contra la mujer cargando el árbol mágico, quien replicó con un fastuoso despliegue de habilidades.

Próximo al final, el Cordero la envistió con un mazazo horizontal, que la mujer eludió agachándose, pero que partió su tricornio a la mitad. De improvisto, el sujeto se abandonó al impulso que el movimiento traía consigo y permitió que su arma se le desprendiese de la mano. En cambio, dio un salto hacia adelante con la rodilla flexionada, hacia el rostro de su contrincante. Sin el peso del artefacto, cubrió con facilidad la brecha que los separaba y la articulación crujió al romper la nariz de la mujer, que cayó hacia atrás al borde de la inconciencia. La guerrera se esforzó por permanecer despierta y dio unas vueltas sobre el suelo para distanciarse. Mientras tanto, el cordero había extraído una de las lanzas y brincó en su dirección para darle la estocada final. A menos de cinco metros y tendida sobre su espalda, ella gesticulaba frenéticos movimientos con sus manos mientras los espectadores clandestinos garantizaban con tristeza el resultado de la escaramuza.

Entonces, con un último gesto, el lenguaje silente liberó algunas de las semillas en su espalda, y una extraña inscripción de fuego ardió en el espacio. Significativamente, quienes alcanzaron a leerlo no reconocieron el idioma, pero si el significado:

"Lo que está en movimiento debe llegar a número infinito de etapas intermedias antes de alcanzar la meta. La conclusión es que el viaje sobre cualquier distancia finita no se puede completar ni comenzar, y por lo tanto todo movimiento debe ser una ilusión."

Sin embargo, otros lo entendieron diferente:

$\{\ldots 1/16, 1/8, \frac{1}{4}, \frac{1}{2}, 1\}$

Este enunciado, vuelto una realidad nacida de la nada, igual que el tigre, el sable de montañas nevadas y el mar flotante, requería que el Cordero completase un número infinito de momentos en el salto antes de poder atravesar a su víctima con la lanza. O, dicho de otro modo, un imposible.

Dicen que se mantuvo inmutable a palmos de la mujer, con la punta del arma rozando su uniforme, atrapado en el impulso perpetuo. La mujer no titubeó y mientras se incorporaba articuló con gestos otra palabras -*eidos, morphē, aspatial, atemporal, gladio*- y la *forma* de una espada se materializó en su mano. El corte subsecuente desprendió la cabeza del Cordero, que tras algunos brincos dio contra una roca y se perdió debajo de la ceniza. Inmediatamente el cuerpo decapitado reanudó la arremetida, clavando la lanza sobre la grava y precipitándose sin guia sobre un costado.

Uno de mis colegas, al compartirle la historia, reconoció el escrito ígneo como la 'paradoja de dicotomía', cuya autoría se atribuye al filósofo griego Xeno de Elea. "Es una antilogía", subrayó, "una idea lógicamente contradictoria a lo que se considera verdadero." Un imposible hecho verdad.

Al fin concluí, basándome en lo que los casos demostraban, que las semillas de fuego florecían gracias a recitaciones como las del hombre de cabello rojizo, cuya identidad, sospecho, es el señor Jefferson. La excepción era la mujer -quien es factible sea Ayyan Alli, aunque radicalmente diferente de la joven que conocí. Ella parecía acceder al poder mediante un dialecto compuesto por gestos, parecido al empleado por los sordomudos. Pero ningún espectador pudo reconocerlo, por lo que asumo que consiste en un nuevo vocabulario, nunca hablado con anterioridad. De entre toda la miríada de especulaciones e incoherencias propuestas para deducir la procedencia o naturaleza de ambos artefactos, ninguna ofreció una solución.

Pero un evento aleatorio reveló la incógnita a mediados del invierno.

Mientras orinaba sobre la nieve temprana antes del desayuno, noté la presencia de un carromato repleto de carbón y sin identificación de procedencia alejándose por el sendero a mi lado. Debía haber arribado mientras la mayoría de los trabajadores dormíamos, lo que atrajo mi atención; ¿quién había realizado la transacción, con las oficinas cerradas? El caballo famélico que tiraba del vehículo era expoliado por un sujeto sentado a la cabecera, cuyo perfil me resultó vagamente familiar. De súbito recordé donde lo había visto, pero aún me faltaba su nombre. Con los pantalones en alto y ajustados por la correa, le grité.

Al volver su rostro hacia a mí también lo hizo su nombre: Thomas de Aquino, miembro ilustre del Consejo de Conversos al servicio del Ayatolá. El catedrático solía auspiciar los llamados a rezo público en Boston durante mi estancia en el poblado, décadas atrás, como parte de su programa de reinserción en la Fe para las colonias republicanas. Era increíble ver a un funcionario de su rango vestido con harapos y realizando una tarea semejante, pero me abstuve de mencionarlo.

Me acerqué con la excusa de notar un problema con la rueda y cuando detuvo el carro le propiné una patada que la hundió profundo sobre el eje, saldando la falsedad. Si notó mi embuste no lo dijo, y como pronostiqué me dio la oportunidad de conversar e indagar por respuestas.

Tal y como si hubiese estado esperando un pretexto para detenerse, sacó el aguardiente y compartimos unos tragos, que me despejaron el frio y un poco la suspicacia, no obstante mi confusión no aminoraba; su envidiable condición física volvía obvio que no llevaba mucho tiempo en el Infierno. Si había perdido su estatus en la jerarquía eclesiástica, fue recientemente.

Para mi sorpresa, Thomas demostró ser un sujeto sociable y educado, sin la petulancia habitual en otras figuras del clérigo. Luego de un rato mi recelo se había esfumado, llegando incluso a negarme cuando al cabo me ofreció un paseo hasta un pueblo cercano que estaba en su itinerario. Presto a terminar la conversación en buenos términos, me despedí diciendo:

"Assalamu Alaikum va Rakhmatullahi va barakatuh (Que la paz y prosperidad de Dios esté contigo y Su gracia.) Mi árabe nunca fue muy bueno, pero él fue considerado y no corrigió mi pronunciación.

"In sha Allah (Si dios quiere.)", me respondió mientras aferraba las riendas y jalaba del caballo, con un acento académico que traicionaba su aspecto de mercader de carbones.

"Laa haula wa laa quwata il-la bil-lah (No hay poder ni capacidad excepto los de Dios.) -retruqué, sorprendido de los efectos del aguardiente en mi locuacidad y mi actitud de sabelotodo.

"Walakun lm yualid alnuwr 'iilaa eindama qal "lyakuna nura". alquat, ya sayidi, fi 'abjdith. wa'adath hi budhur shajarat almaerifat alty tuwi jawhar alkalimat, alharakat, alshielata creatio ex nihilo. 'atamanaa lak yawm jayd." (Ah, pero no fue hasta que dijo "Que se haga la luz" que la luz se hizo, mi buen amigo. El poder radica en Su alfabeto. Y Su herramienta son las semillas de Árbol del Conocimiento, que albergan la esencia del Verbo, la cinesia, la flama griega, creatio ex nihilo. Tenga usted un buen día.) - agregó críptico al alejarse, y nunca lo volví a ver.

Algún tiempo transcurrió desde aquella mañana fría y hoy me levanté con los gritos de los mineros del turno anterior volviendo al campamento antes de la hora frecuente, sacudiendo los toldos de las carpas y vociferando a viva voz las noticias: el Jannah fue destruido. La Torre de la Virtud había sido partida en dos mitades y, mientras una era devorada por el océano cerca de una isla llamada Tristán da Cunha, la otra se perdía en la vastedad del universo, errando sin rumbo por el espacio. Marineros de un bote pesquero proveniente de Cape Town, en la costa del Purgatorio, habían sido testigos del evento, y las historias que se contaban eran asombrosas.

Entre las muchas versiones de lo sucedido, una narraba el combate entre los arcángeles del Jannah y el ejército ruso-chino colgando de amarras sobre la cara interna de la cúpula, al mismo tiempo en que la Armada Termidoriana tomaba el control de la ciudadela a hierro y fuego. Asimismo, se hablaba de múltiples insurrecciones a lo largo del Purgatorio, una tardía primavera árabe que finalmente había arribado, donde diversos grupos de musulmanes secularizados habían decidido revelarse al orden eclesiástico.

En la debacle generalizada por el desplome de la torre sobre el mar, los soldados del régimen derrocado suplicaban por ayuda, mientras intentaban mantenerse a flote en contra de la corriente que los succionaba, llegando a tener que aferrarse de los cadáveres de los ángeles regados sobre las aguas. El auxilio arribó tarde y sin predisposición para el altruismo. La mitad de la metrópolis y sus ratas terminarían naufragando juntos.

Nadie tuvo noticias del Ayatolá. Si las cosas habían llegado hasta ese extremo, era seguro que estaba muerto. Como sucedió era el interrogante, pero asesinar a un ser con la potestad de Dios es un ejercicio imaginativo que se halla muy por encima de mi capacidad.

Pero sin su presencia, el futuro se volvía pura incertidumbre. Nadie sabía que esperar de todo aquello. Yo imaginé que los conflictos por el control del nuevo escenario mundial no habían hecho más que comenzar.

La mención más intrigante, y la que me daba esperanzas, fue la que no captó la atención de mis camaradas de la misma forma en que lo hacían las narrativas bélicas. Tan solo describía un cuadro misterioso que yo sospecho, familiarizado con los protagonistas, contiene la verdad exacta de lo que sucedió:

Un misterioso grupo de 36 individuos emergieron por entre los escombros. A primera vista, lucían como meros sobrevivientes de la caída de la estructura. Nadie reparó en ellos, entre tantas cosas ocurriendo en simultaneo. Sin embargo, yo noté algo importante en la historia.

Las descripciones de las dos mujeres de edades y etnicidades dispares, cargando arbustos de semillas ardientes sobre sus espaldas, me resultaban demasiado familiares para pasarlas por alto. Y la alusión a aquel hombre alto, de pelo rojizo y semblante bravío, sosteniendo una bandera revolucionaria americana tallada y escrita en fuego, también. De acuerdo con los testimonios se hacían llamar "El Credo del Alfabeto", y afirmaban sin mayor detalle ser los responsables del derrocamiento.

Tengo fe de que algún día sabremos los particulares de lo que ocurrió cuando un grupo de revoltosos americanos, enfadados y resueltos, decidieron escalar su camino hasta el cielo y enfrentarse a Dios. Entretanto basta entender que el viejo orden ha caído. Larga vida al recién nacido.

Fin

Federico Rodríguez

Apéndice Prohibido

Adelanto de la novela "El Credo del Alfabeto"

Federico Rodríguez

ERA DEL HOMBRE

I

Buenos Ayres, Argentina. 1932.

Millones de años después del evento descripto en el inconcluso poema de Toribio Barrios, - anarquista español exiliado en Buenos Ayres desde principios de 1917- sus efectos continuarían zanjando la Historia a la cual dieron comienzo. Tal suceso -que carecen de testigos, y su veracidad solo se corrobora mediante sueños como el de Toribio- iniciaron el conflicto bélico más extenso y devastador de la historia.

Dichos versos, cuya autoría mis fuentes atribuyen indisputablemente a Toribio, fueron destruidos junto con sus demás posesiones. Ardió apoyado sobre resmas de hojas de papel prensa vírgenes, frente a la rudimentaria imprenta montada en una esquina del humilde cuarto donde Barrios editaba su periódico anarcosindicalista, en compañía de unos pocos enteritos de trabajador metalúrgico y otros efectos personales sin

301

valor. Tanto el poema como la habitación fueron consumidos en el fuego iniciado por los propios uniformados que luego escribirían, en la jefatura, el reporte del accidental siniestro.

Ajeno a la envergadura de la historia que se le presentó en sueños, y que se quemó ignota en la lúgubre vivienda de la calle Maipú, la vida cotidiana de Toribio continuó repartida entre las escaramuzas con las fuerzas del orden público y las proclamas laborales que nunca llegaría a ver realizadas, asesinado a sablazos en una trifulca callejera por un miembro del partido nacionalista, dos años más tarde.

El poema, inacabado igual que el sueño que lo originó, comenzaba en un jardín. Impoluto, la grama verde no admitía otro tránsito distinto al del aire y la humedad; sin sendas ni poda crecía a las márgenes de un río llamado Tana, en el África incógnita del Sennar. Una laguna de agua transparente oficiaba de centro entre cardinales, y a sus orillas, opuestos uno contra otro, crecían dos singulares portentos.

A un lado emergía el Árbol de la Vida, anegado por el sol fisgoneando entre sus espaciosas y distantes ramas, cubiertas por centenares de capullos semejantes a úteros maternos. La brisa apenas agitaba el colosal mamotreto, y los colores de la tarde, que se reflectaban y fraccionaban en todas las restantes áreas del jardín, morían sin vítores al alcanzar la madera opaca del cuerpo agreste.

Ni el sueño ni, por consecuencia, la composición, indagarían en este interesante objeto. Si, en cambio, recalarían en lo hallado sobre la margen contraria del lago: un soto de silueta ovoide, cuya corteza se erguía hasta su copa, mientras el curso de sus ramas se curvaba paulatinamente hasta enredarse con las raíces expuestas sobre el suelo, que a su vez crecían tendiendo a la altura. Las mismas apenas tocaban la tierra, dándole al arbusto un aspecto etéreo, como erguido en puntillas sobre el suelo.

El cuerpo era delicado y sin porosidades, de tinte níveo y lizo. Sus ramas exhibían el mismo color blanco del papel acerbo, y sus irregularidades y asimetrías iban y volvían con redundancia, cual trazos caligráficos. Barrios, abrumado por la simbología onírica, interpretó las esporádicas hojas como acentos. Los frutos ardientes pendiendo en los extremos, puntos aparte y finales de sentencia.

Según lo que confesaría más tarde frente a unos compañeros de trabajo en un café de la calle Juncal, Toribio al fin reparó en que estaba soñando cuando vio deslizarse una enorme serpiente blanca junto a él. La criatura, del tamaño de una boa amazónica, reptó a su diestra sin que ninguno de los dos se perturbase por la presencia del otro, como si ambos supiesen quien era la manifestación equivocada que no tardaría en disiparse.

Una vez frente al árbol, la serpiente se ensortijó de forma caricaturesca y sorprendió con un atlético salto de varios metros de longitud, que la encaramó en una de las ramas bajas. Se contoneó con agilidad hasta dar con un manojo de semillas fosforescentes que pendían del extremo, de un rojo tan vivo que parecían chisporrotear como trocillos de carbón. Jaló del racimo por el pestillo y, tras desprenderlo, lo engulló entero de una bocanada. La incandescencia del ramillete iluminó el interior de la criatura, al descender por el esófago hasta perderse en la impenetrabilidad del aparato digestivo.

Entonces giró la cabeza hacia Toribio, que permanecía confuso pero decidido a no despertar aún, y pronunció una profética sentencia sin la necesidad de labios: "El fruto de la razón engendrará fuego, el Alfabeto romperá la Prosa y la paradoja al Villano." -dijo, observándolo con ojos repugnantes, y descendió por el lado opuesto para escabullirse en el matoso jardín.

Toribio, intrigado y divertido, habría de rememorar la escena en numerosas ocasiones, acompañado siempre de confidentes y ginebra. De todas esas oportunidades, solo uno de los comensales permaneció en silencio, sin acotar que todo aquello era parte natural de la ridícula esencia de los sueños. Alguien que, advertida del peligro de mencionar la Historia fuera del Sabbath, prefirió omitir que ella todavía tenía pesadillas similares.

Maravillado por la iconografía, Toribio comenzó el poema al despertar, mientras desayunaba. Cambio de parecer al releerlo esa misma noche, y terminó por abandonar su redacción al día siguiente. Nunca retornó a aquellos párrafos incompletos, y la advertencia ancestral que su sangre le gritaba subrepticiamente se esfumó sin causar mayor conmoción. Otros sueños similares no sobrevivieron sus subsecuentes despertares, y el sujeto moriría sin jamás presumir veracidad alguna en las palabras de la Serpiente del Edén.

Federico Rodríguez

ERA DEL HOMBRE

II

Tiempo atrás, en la Era Común de los Hombres. Región del Hiyaz.

El músculo, todavía tieso, dio un último estertor y con una violenta sacudida expulsó el fluido restante. La jovencita, que mantenía un cerco firme alrededor del glande con sus labios, notó como los canales y conductos dentro de este se descongestionaban. La envergadura fue perdiendo rigidez, todavía tibia la saliva que lo recubría. Aguardó por un instante sin saber qué hacer, pero el jugo se le adelantó deslizándosele por la garganta. La cremosidad se había expandido en la cavidad bucal y caía desde el paladar hasta los molares; donde antes faltaba un diente ahora estaba aquella esencia amarga adherida a las encías.

Mantuvo los labios prensados y la cabeza hacia atrás para que la emanación no se le desbordara por fuera de la boca. Una ingesta accidental era inaceptable; debía exhibir la captura de aquella alma, ostentársela al cuerpo hueco al cual se la había arrebatado. Él, todavía conmocionado por las palpitaciones dentro del pecho, la tomó por los lados de cara y fue retirándose con delicadeza, trémulo por la forma en que la boca iba barriéndole la piel al abandonarlo. El recorrido se atoró y ella debió sujetarse de las rodillas de su marido y darse un firme aventón para desprender ambas anatomías. Luego, sabiendo lo que se esperaba de ella, inclinó la cabeza hacia atrás y abrió la boca para el deleite marital.

Su marido bajó la vista y con ternura deslizó ambas manos sobre el inocente rostro, causando un involuntario derrame por la comisura del labio. Una solitaria gota blanquecina se escapó, deslizándose y perdiendo consistencia de camino al mentón, en donde pendió impasible. El Sultán la admiraba estupefacto, observando aquel rostro aguantando su esencia, aquel manantial de futuro, como si el trayecto de un convulso peregrinaje lo hubiese situado frente a un oasis inesperado, mágico y legendario.

Tal animo aligeró la incredulidad y la sospecha en presencia de lo sobrenatural, y solo atinó a contener la respiración al verla transformarse frente a sus ojos. Enmudeció los jadeos y abrió los ojos con asombro, pero no buscó explicación para el sortilegio ocurriéndole a su esposa de rodillas; de improviso, su cuerpo adolescente se pobló de historias con actores y panoramas que se desenvolvían en silencio; realidades en miniatura que obligaban al Sultán a sacudir la cabeza en descrédito, sin poder confiar en aquello que presenciaba.

Inmóvil contra la pared de la habitación, echó la cabeza hacia atrás con los párpados cerrados y balbuceó para sus adentros que las alucinaciones debían ser producto de la imprudente mezcla de la delicia y el hachís. Permaneció absorto y boquiabierto, sin capacidad de dominar la manifiesta perplejidad que maniataba su razón, mientras frente a él su esposa continuaba transformándose: las cavidades gemelas de la pequeña nariz se convirtieron en guaridas de las que vio emerger hembras alucinantes, diminutas sacerdotisas cuya única función era bañarse en las fértiles aguas atoradas en la boca, poblando luego el mundo en el que crecía un cielo de tonos pastel y que se extendía por la silueta arrodillada. Darían a luz hijos fortuitos que escalarían los pechos nevados de rojo, que se perderían en los laberintos de aquellas orejas cóncavas, que encenderían fogatas y construirían relucientes emporios en la planicie de su estómago chato.

Los ojos abiertos y cristalinos de la jovencita se volvieron espejos para astrología y adivinaciones. Su cabellera cruda, cayendo libre detrás de los hombros, fue un firmamento de color castaño oscuro, en el que refulgía la corriente eléctrica de una tempestad próxima a suceder, mientras aquellos viviendo a la intemperie sobre su espalda aguardaban sosteniendo jarras y cuencas vacías sobre sus cabezas sin rostros. Los muslos de la reina, bajo un cosmos con varias lunas y un sol distante, ostentaban volcanes – dos de ellos activos- y una rosa legendaria. Su anatomía se convirtió en un milagro ejemplar cuya forma zigzagueante, de intrincado y provocador delineado, menoscababa hasta la exquisita obra divina.

Fuese a causa de magia shaitánica o locura narcótica, el Sultán aceptaba con enfática displicencia el hechizo de seducción que lo amarraba a aquella tierna hembra. Jamás renunciaría a semejante deleite, sin importar cuan terribles fueran las acusaciones de sus detractores. Ni siquiera de ser verdad las habladurías que ella fervientemente impugnaba. Después de todo, su esposa solo tenía 15 años. Su inocencia la exculpaba de la -en otras circunstancias- irreparable falta de cometer adulterio, si tal fuese el improbable caso.

De cualquier manera, sería apropiado apelar pronto a un argumento exculpatorio que la absolviera de los cargos de infidelidad, antes de que las turbas coreasen una sentencia distinta a la suya. Ya lidiaría con el misterioso domador de serpientes en el momento oportuno.

Los rumores comenzaron unos días después de que la caravana en la que viajaba su mujer, de camino a palacio, fuese interceptada por guerreros de la tribu Tuareg. Cuando los forajidos tomaron por sorpresa a los soldados, un grupo de leales trató de escabullir a la joven lejos del conflicto. Según su testimonio, algunos de los bandidos los siguieron y dieron muerte a los escoltas. Solo la oportuna intervención de un misterioso combatiente nómade, sin afiliación con Sultán, tribu o Califa, la preservó de la deshonra y la muerte.

El sujeto emergió de la nada con su sable desenvainado, dando muerte rápida al sujeto que rasgaba las vestiduras de la reina sobre la arena del desierto. Era un hombre alto y esbelto, de tez morena y barba conspicua. Vestía modesto, sin más lujo que el cuidado turbante cubriéndole la cabeza. Alrededor de su torso cargaba una serpiente blanca de unos seis pies de largo, que pareció advertirle de los hombres aproximándosele por detrás. La jovencita, que nunca había presenciado una batalla, pareció dar rienda a su imaginación al contar lo sucedido; según ella, el domador de serpiente soltó su sable y se volvió para enfrentar la turba de unos 10 asaltantes, extrayendo de la bolsa colgando de su espalda "una rama de árbol, del tamaño de un báculo, pero cuyos frutos pendiendo ardían como brazas". Antes de presenciar el final del combate, perdió el conocimiento.

Luego que los sobrevivientes de la caravana regresasen a palacio y los responsables de la seguridad de la joven fuesen sumariamente ejecutados por volver sin la reina, centenares de hombres salieron a su rescate, convencidos de que solo hallarían su diminuto cadáver. La suerte empeoró y fueron interceptados a mitad de camino por una violenta tormenta de arena. Una vez disipada, recorrieron cada metro cuadrado del trayecto, revolviendo montículos de arena sospechosos y levantando cuanta roca pudiese haberle servido de refugio. Las alforjas nunca parecían contener el agua suficiente para continuar la extensa pesquisa, y los oficiales debieron establecer rutas de jinetes cuya función sería la de ir y volver de palacio con suministros. Las posibilidades de encontrarla viva disminuían con cada día malgastado. Al finalizar la segunda jornada todos coincidían en que estaba buscando un cadáver, reseco por el sol de la intemperie.

Pero contra todo vaticinio, la reina fue hallada antes del cuarto atardecer, sana y salva dentro de una tienda de campaña vacía, que el domador de serpientes montó en medio de la ventisca. Pernoctaron allí hasta que la tormenta se disipó y el nómade continuó su camino, dejándola bien surtida de provisiones. Los soldados del Sultán la hallaron durmiendo tendida sobre una pequeña alfombra labrada, tejida con inscripciones desconocidas, junto a un canasto de mimbre vacío.

Cuando, en su juventud e inocencia, contó lo ocurrido, se desataron las habladurías. La suspicacia obligó a los visires del Sultán a aconsejar la captura inmediata del sujeto. Y la enfática negativa de la princesa a tal propuesta, por encontrarla ofensiva e injusta, solo consiguió incrementar la paranoia general. El monarca le ordenó a su reina guardar silencio acerca del tema.

Pero al indagar sobre el paradero del nómade en los poblados cercanos, los oficiales del Sultán descubrieron aspectos inesperados del sujeto, y las historias fantásticas que lo rodeaban atrajeron la atención de los alquimistas del palacio. Los profesionales estaban más interesados en saber si poseía lo que sospechaban era un artilugio utilizado por los bizantinos y menos en la fidelidad de la chiquilla.

De acuerdo con un marinero que trabajó en su compañía, el domador de serpientes sirvió como soldado de fortuna al servicio de un mercader en Moroco, cuyo navío cargado de prebendas y exquisitos lienzos evadió el saqueo gracias su astucia y hechicería. El marino alegaba que, cuando una embarcación pirata se dispuso a abordarlos, el nómada se guindó de la parte exterior de la proa y, esgrimiendo una antorcha frente a su rostro, le habló al fuego como a un viejo confidente. Aparentemente, las llamas se eyectaron y multiplicaron en el aire, cubriendo la totalidad del barco rival y lloviendo sobre los bucaneros, quienes inútilmente intentaban ahogarlas con agua o arena.

Los alquimistas dedujeron que el misterioso compuesto ígneo debía ser el mismo utilizado por los Bizantinos, cuya receta fue secreto de estado y terminó por perderse debido a la burocracia militar. Ninguno de los oficiales del Sultán pudo hallar a un sobreviviente del navío destruido para corroborar la historia, pero fue suficiente para expoliar la búsqueda.

(Si dicha batalla hubiese tenido sobrevivientes en el bando bucanero, los piratas hubiesen contado historias inverosímiles, con tigres y tempestades pobladas de rayos emergiendo del fuego sobre el alcázar;

inviernos verticales y asteroides impactando sobre el mástil mayor. Pero solo el domador sabía la totalidad de lo que había articulado aquel día.)

El universo eclosionó sobre sí; la garganta no pudo soportar la espera y cedió hacia adentro con un sonido hueco. El fluido desapareció en el interior de la boca junto a las sacerdotisas, y del anterior oasis solo quedaron los restos viscosos en las costas de sus labios.

El hombre se abandonó contra el muro con los ojos cerrados, exhausto, mientras la topografía de su esposa volvía a la normalidad, y los mercaderes peregrinando sobre el vientre y el cielo barroco y los auspicios cristalinos en sus ojos comenzaban a desgranarse y desaparecer en el éter. Ella se incorporó y abrazó su marido. (La voz en su interior la influenciaba con discreción, sugiriendo con astucia, ayudándola a escalar.)

El brusco sacudón al incorporarse fue el cataclismo final para aquel mundo y sus criaturas, que desaparecieron para siempre. (La joven reina nunca supo que había ocurrido. Con el éxito de su misión y el encantamiento completo, la voz enmudeció y volvió al cubil en el vientre.)

La niña susurró con cariño otra mentira al oído del Sultán, a lo que él asintió sacudiendo el mentón y besándole el cuello. Ella respondió apoyándole su mejilla sobre el hombro huesudo, agotada, mientras ambos descansaban las palpitaciones. Sonrió con disimulo ante la evidente verdad: el secreto de aquella noche en la tienda no iba a descubrirse. Alá es grande y misericordioso, y su marido no deseaba saber que había ocurrido.

El Sultán se durmió tendido sobre el lecho conyugal mientras la observaba desempacar el resto de sus pertenencias. En los muchos años que compartirían juntos, nunca sospechó la incurable nostalgia que habitaría por siempre en el corazón de su mujer, enamorada de quien la había rescatado de las fauces de la muerte. Ese mismo sujeto quien luego la sedujo para rendirla sobre la alfombra de la tienda entre caricias y humo de hachís. Aquel mismo amante furtivo que, traicionando su confianza, había escondido subrepticiamente al Traidor y el Fruto entre los pliegues de su venusina fisonomía.

El recuerdo de la lengua áspera del domador de serpientes, embebida de su entrepierna, sería la solitaria causa de erotismo por lo que le quedaba de vida; involuntariamente su memoria omitiría el fragor de la ventisca sacudiendo el exterior de la tienda, el ritual arcano y el círculo de sal y piedras de carbón sobre el suelo de la tienda, y el ofidio de escamas blancas y pupilas amarillentas emergiendo de la canasta abierta y reptando en su dirección.

Las imágenes nítidas recién volvían al despertar en brazos de uno de los soldados que la acarreaba fuera en la tienda. De regreso al palacio concluyó que la aparición de aquella criatura había sido una fantasía, una jugarreta de la lujuria y las hebras narcóticas.

(Con el paso del tiempo, el Traidor en su interior habría de borrar aquella memoria también, ensenándole el Alfabeto en sueños y volviendo su mente contra sí misma, convenciéndola de pronunciar los Vocablos Sagrados que la mantendrían en la ignorancia.)

Fallecida varias décadas más tarde, su cadáver se preservó de la putrefacción acorde con las costumbres de su tribu. Pero nadie, salvo el ya capturado, torturado y más tarde decapitado domador de serpientes, supo lo que en él se ocultaba.

ERA DE DIOS

Ayyan I

A las márgenes de la región de Beldajar, a mediados del III Califato Universal, en tiempos del Reinado del Ayatolá.

Los jóvenes del clan Alli recibieron la noticia al regresar de uno de sus habituales itinerarios comerciales por el inhóspito desierto, donde comerciaban con las tribus nómades que lo recorrían. Solían ser viajes cortos, de tres o cuatro días, cuyo propósito era interceptar a los mercaderes en camino a Medina o Beirut, a fin de remover a los intermediarios y obtener mejores precios sin impuestos. Padre y Madre separaron a sus hijos de los quehaceres habituales en los establos tras desensillar y todos se encaminaron de regreso a Fakr Ud Din.

La mayoría de los presentes vestían de manera informal; los hombres con sus correspondientes kanduras y turbantes, mientras las mujeres lucían su modestia usando hijabs y sirwals, cubriendo del cabello hasta los pies. Quienes custodiaban la ciudadela cargaban unos formidables sables livianos y en extremo filosos en forma de pluma, constituidos como una sola pieza de principio a fin, llamados sablesplumas o cálamos. El privilegio de los Capitanes era cargar arcabuces cortos que solo eran utilizados en casos de gravedad, por el costo financiero de la munición.

Atravesaron los pórticos de bienvenida al jardín que rodeaba la fortificación, habituados a su sinuoso delineamiento. Las rutas de entrada eran estrechos pasajes bajo el nivel del suelo, decorados por esporádicos arcos y pilares de estilo árabe. Los muros empedrados estaban construidos por piezas de irregular tamaño, entre cuyas ranuras crecían indistintos tanto hiedras salvajes como helechos debidamente podados.

Al llegar a la escalinata principal de acceso a la mezquita, la cual Padre en persona había reparado, el clan pudo apreciar el resto de las tareas llevadas a cabo por el emprendedor clérigo mientras se encontraban ausentes, entre las que se destacaban el emparche en los soportes frontales y la nueva pintura sobre los muros. Al ocupar la edificación la habían encontrado deteriorada, en ruinas, pero hoy podían afirmar con orgullo que eso era parte del pasado. La vida nueva que habían comenzado menos de una década atrás había empezado por la reparación del legendario lugar, el cual experimentaba su segunda época de gloria. La expulsión de Medina no había podido detener la arremetedora convicción del clan y los frutos del trabajo comenzaban a concretarse, si bien era temprano para festejos.

A medida en que la familia conformaba la ronda en el medio del salón, Madre iba repartiendo el refrigerio acompañado por agua fresca. Mientras los hombres colgaban sus pertenencias de unos improvisados percheros adheridos en la pared, las mujeres servían copones con frutas, carnes secas y caramelizadas. El sol taciturno de la tarde se filtraba por las ventanas de la cúpula y duplicaba con sus sombras las pilastras que la sostenía erguida.

Había un ambiente de sobria concordia, de alegría mesurada por la intriga. Los familiares y camaradas cercanos fueron tomando asiento y pasando las pipas de hachís entre los adultos. Los más jóvenes, inquietos y juguetones a pesar de la constante adversidad de la vida aislada en el desierto, debieron ser disciplinados antes de recibir la cena y prestar atención a las novedades prometidas por Padre.

Todos los presentes, incluyendo a los miembros no directos del clan Alli, guardaban un profundo respeto por el adusto y flacuchento hombre, cuya honestidad y devoción por el Alcorán eran legendarias. Lo habían seguido desde los albores del tercer Califato, cuando las intrigas políticas por el favor del Ayatolá, misericordioso él, revelaron el carácter de los hombres envueltos en la administración política de Medina. Por supuesto los adversarios de Padre denunciarían lo opuesto, y fue tal el número de detractores que debió apresurar la partida de su nativa ciudad. Sus críticos coincidían en el carácter herético de sus palabras, adjudicándole la notable habilidad para racionalizar o 'reinterpretar' las enseñanzas que el profeta mismo practicaba en el hadiz, sin que el menosprecio por la tradición quedara en evidencia; clara demagogia de infiel que amenazaba destruir todo lo que la Fe había instaurado por milenios.

En la puja por agregar nuevas ideas, el clérigo amenazaba desplazar las viejas y a todos aquellos sacándoles provecho. Debió exiliarse con lo puesto, la familia y varios centenares de militantes y allegados, deseosos de regirse bajo una interpretación menos estricta de los libros sagrados. En Medina hubo quienes sugirieron perseguir al apóstata, pero las voces de la mesura hicieron notar el amplio contingente de seguidores en su poder dispuestos al combate.

Madre y Padre llamaron a Ayyan a pararse junto a ellos en medio del círculo, donde se empezaba a esparcir el humor festivo. La jovencita se incorporó con el histrionismo que la caracterizaba, incapaz de llevar a cabo ninguna tarea y mantener el chador en su lugar. Se acomodó el manto caído sobre la cabellera y aferró los lados con firmeza, del modo en que la vigilante Abuela de pie fuera de la ronda la había instruido.

Ayyan era el retoño más joven de la familia Alli. Con solo 12 años, era el producto de una vendimia desordenada, que había crecido la grácil coincidencia entre la esbeltez paterna y el color moreno de la piel materna. Dichos atributos la embellecían del mismo modo que la avejentaban, exagerando el carácter sensual de su tenue silueta en formación y la de sus nutridos labios. Los pómulos sobresalientes y delineados eran una genuflexión frente al trono de la feminidad, al cual rendía un ignoto homenaje con la modestia propia de desconocer su propia belleza.

La noticia de su futuro casamiento no sorprendió a nadie, salvo a Ayyan. Era de conocimiento público la insistencia con la que su primo en Beirut requería su delicada mano, que tanto Madre como Padre habían postergado para entregar. La mayoría de los concurrentes pasaron por alto el semblante cabizbajo, suponiendo desde pudor hasta incertidumbre, y solo la anciana Abuela dijo algo al respecto. Luego de las tumultuosas felicitaciones, abrazos y prósperos deseos, la mujer se aproximó a su nieta y, apoyándole las palmas sobre las mejillas con gesto fraternal, le pronosticó: -Yo misma lo elegí y disipé las dudas de tu padre. - le dijo con una sonrisa incompleta por la edad, y se marchó sabiendo que Ayyan entendería cada palabra pronunciada en su real amplitud.

II

Al ser el Primo de costumbres ortodoxas, Ayyan debió aprender de inmediato a lucir el burqa con la dignidad propia de la mujer casada. Abuela arregló con esmero cada trazo de tela disponible, descosiendo incluso cortinas viejas y mantas en desuso. Pero durante su primera visita formal desde el anuncio, el futuro esposo se dedicó a disipar dudas y mal fundados rumores, otorgándole a la familia de la novia provisiones, caballos y telas.

El primer encuentro entre las partes fue en términos confortables, con desmesurados halagos tanto por parte de Madre y Padre como así del Primo, que encontraba en cada detalle una razón diferente para maravillarse del hospedaje. Ayyan no habló mucho, "nervios de novia a la espera" aventuró Madre, esperando que el novio no recalara en el triste estoicismo en la expresión de su hija.

Abuela permanecía distante, presenciando la merienda como si llevase adelante un juego de ajedrez. Mientras Madre se engañaba a sí misma, la anciana intentaba determinar la extensión de la angustia en su nieta. Ambas mujeres creían saber los motivos que inducían al ánimo de desamparo en la joven, pero solo Abuela media a futuro. Su hija conocía a Ayyan como familia; ella, como adversaria.

Desde muy niña Ayyan había mostrado interés por las historias y la filosofía preservada en el Alcorán, recitando sus versos con la alegría propia de la edad. Sin embargo, parecía incapaz de comprender o sumirse a las reglamentaciones allí inscriptas, manifestando la frecuente distancia que separa al espectador del converso, al charlatán del filósofo. Desde temprano, Abuela había intentado cruzar tal brecha con nimio resultado, obligada por ende a aplicar punitivos físicos como metodología de aprendizaje. El Ayatolá, misericordioso en sus juicios, sabrá entender el día del final Qiyamah, el día del ascenso al Yannah.

La idea se le ocurrió como un absurdo, tan evidente que se maldijo no haberla pensado con anterioridad; sin otro preámbulo, y dado que ambas familias veían con agrado la unión, Abuela insistió en el uso inmediato del burqa, a modo de honrar al invitado. La belleza de Ayyan, después de todo, ya tenía pertenencia.

No costó mucho convencer a Padre, quien por lo general no compartía una interpretación tan literal de la sharía. Pero quizás esa era una de las razones por la cuales el Ayatolá, la Voz de Alá, permitía tanta penuria entre sus fieles; tal vez era preciso honrar la historia y la tradición, distanciándolas de ciertas apreciaciones personales.

Para sumir a Ayyan solo bastó la mirada pútrida de Abuela.

III

Desde el mismo momento en que la tela cayó sobre sus hombros, Ayyan supo que no existiría medida de tiempo mediante la cual se hallase cómoda entre esos ropajes. La túnica, de una sola pieza a cuerpo entero, incluía el manto sobre la cabellera y un velo cubriendo el rostro, con una única abertura enrejada sobre los ojos. Dicha vestimenta volvía el simple acto de caminar una proeza, a pesar de que los comentarios optimistas tan solo recomendasen práctica. Calcular las distancias en la estrecha periferia del visor era imposible, y la obligaba a aminorar la marcha hasta para llevar a cabo tareas burdas, como barrer el piso o levantar una jarra con agua.

Horas antes de que el futuro marido partiese de retorno a su palacio en Beirut para organizar los festejos, él y su prometida compartieron una caminata a solas por los establos de Padre. Primo fue intercalando halagos con palabras fraternales y protectoras, y con delicada atención descubrió el rostro de su futura esposa para besarla. La abrazó por la cintura y, aferrándola por la nuca cubierta, la presionó contra sí.

Ayyan no supo cómo reaccionar ante la sorpresiva envestida pasional y se mantuvo impávida, hasta que el brazo en la cintura descendió y llenó la mano con su muslo. Por completo desprevenida, Ayyan reaccionó como el pudor demandaba y se dispuso a separar las anatomías, sacudiendo la cabeza e interrumpiendo el prolongado beso. Pero la mano sujetándola por detrás le impedía evadirse del hombre que ya no la besaba, sino que la lamían y mordisqueaba sin resquemor. Cuando por fin consiguió liberarse, Ayyan se echó hacia atrás conteniendo el espanto, reprimiendo las palabras que se le atoraban en la garganta. Esquivó la caricia que Primo le tendió con el reverso de la mano, pero se mantuvo pétrea cuando la sujetó por el cuello y con tono amenazante increpó: -Espero no tener que educarte en los menesteres de mujer, niña-

Ese mismo mediodía, mientras la familia despedía a Primo y su comitiva, Ayyan se montó sobre uno de los caballos y se marchó en dirección a Medina. El enrejado del visor impedía ver las lágrimas cayéndole por las mejillas.

IV

Medina, Capital del III Califato Universal, durante el Reinado del Ayatolá.

Al llegar a Medina, el ritmo bullente de la ciudad la inhibió, y atendía con desconfianza a sus alrededores como si tuviese que guarecerse de cada transeúnte. Si bien aquel era su lugar de nacimiento, la familia había abandonado la metrópolis cuando ella era pequeña y nunca tuvo la oportunidad de habituarse al ritmo congestionado y veloz que la caracterizaba.

En contraste con la mayoría de las mujeres transitando la atribulada metrópolis, luciendo Niqab obscuros o de colores modestos, ella todavía vestía el burka, lo que le garantizaba un relativo anonimato. Pero sabía que andar por cuenta propia, sin escolta masculino, eventualmente traería complicaciones. A expensa de las consecuencias decidió visitar su antiguo barrio, en búsqueda de caras amigables.

Una vez en el vecindario amarró al animal junto a un árbol y continuó a pie, prevenida por el alarmante número de fisgones poco habituados a la presencia de una mujer montando a caballo, sin importar si estaba sola o acompañada. Anduvo entre las callejuelas flanqueadas por casas bajas y rectangulares, atónita por la forma en que el tiempo había borrado sus recuerdos; las aceras en las que jugaba de niña lucían como meros bosquejos de la memoria, empeñados en no coincidir con el presente. La coincidencia de un arbusto o el nombre de una calle era abruptamente interrumpida por la aparición de un nuevo farol o un callejón antes ausente.

Continuó el ascenso por la colina evadiendo el denso tráfico comercial de las avenidas principales, cada vez más alarmada y perpleja por la ausente familiaridad del entorno. Pero no fue hasta que coronó la cima que, frente al panorama, entendió el horror; la vieja residencia familiar había sido demolida y en su lugar se erguía un centro comunitario.

Regresó a toda prisa por el caballo, temiendo haber cometido un error fatal. Si bien el exilio familiar había sido forzado, Ayyan nunca creyó que el odio de las autoridades llegase hasta ese extremo; el vecindario entero fue remodelado, y los pocos lugareños que no siguieron a Padre fueron trasladados sin más, quizás por temor a otra futura insurrección. En ese contexto era fácil prever que le ocurriría de caer en manos de los locales. El riesgo de ser devuelta a Fakr Ud Din era nimio comparado con el de ser tratada como la hija del apóstata. Mantuvo un paso discreto pero constante. Debía abandonar la ciudad de inmediato.

En el trayecto hasta la montura consideró lo descabellado de su fuga. Contender el acuerdo paterno con Primo no pasaría sin más ¿Realmente estaba preparada para vivir segregada de su comunidad y su familia? ¿Qué sería de sus hermanos? ¿Cómo afectaría esto a la reputación de Padre? ¿Qué pensaría Madre de todo esto? Ella era la última persona a la que deseaba herir.

Pero también era cierto que quedarse a reñir no habría servido de nada. Una vez dada su palabra de honor, Padre debería respetarla y entregar a Ayyan a su prometido según lo acordado, como buen musulmán. No existía ningún impedimento legal para negarse. El movimiento de la balanza siempre dejaría a alguien insatisfecho.

Existían asimismo otras circunstancias que sopesar. Porque incluso de hallar alguno de los antiguos aliados de su padre, este debía ser uno dispuesto a contrariarlo y por ende contraer serios riegos legales. El Califato regulaba con normativas bien explícitas el rol de las mujeres en la sociedad, y buscar refugio entre hombres con lo que no tuviese vínculo sanguíneo directo irremediablemente traería complicaciones.

Lamentaba su inevitable retorno al clan cuando, al doblar la calle, perdió las riendas de la situación, literalmente; dos oficiales uniformados, luciendo el símbolo de las espadas cruzadas propio de los Custodios de las Mezquitas Sagradas, inquirían frustrados a cuanto transeúnte hallaban sobre la pertenencia de un caballo amarrado junto a una de sus oficinas. El animal lucía en una de las alforjas el escudo del clan Alli, infrecuente pero no desconocido para ellos, dada la prohibición de entrada a la ciudad existente sobre la tribu. Uno de ellos había descolgado su rifle del hombro y el otro mantenía el puno cerrado en torno a la empuñadura del sablepluma. Ayyan tomó refugio espiándolos desde un recodo, pero cuando uno de los vecinos señaló en su dirección dio media vuelta y se marchó por donde había venido.

Erró entre las calles asustada, sin otro plan más que el de poner distancia, advertida de la frágil mortalidad de la tarde. Se preguntaba qué haría al llegar la noche. Vagar por los callejones significaba caer, antes o después, en manos de los Comisionados para la Promoción de Virtud y la Prevención de Vicios, quienes patrullaban la ciudad con afán suspicaz e invasivo. En el derrotero de imaginarse cercada fue que descendió por una de las lomas y se mezcló con la procesión en camino a la Mezquita del Profeta.

V

Al-Masjid al-Nabawi, la Mezquita del Profeta, era uno de los templos más antiguos en existencia, y databa del tiempo del hijra a Medina. Originariamente adyacente a la propiedad del Mahoma, el sitio se había remodelado a través de sucesivas generaciones, hasta la llegada del primer Al-Qiyamah y la ascensión del Ayatolá al trono celestial. Desde entonces lucía su forma original, que constaba de dos cuerpos rectangulares continuos; el primero el patio de entrada, en cuyos lados se albergan distintas residencias; el segundo, que continuaba al atravesar la divisoria entre ambos, hospeda en su centro la mezquita misma. Tanto los lados más cortos de la estructura rectangular como la divisoria entre ambos módulos exhibían dos torres de diseño árabe, emplazados con anterioridad al nacimiento del ángulo con el muro cruzado.

Ayyan se unió al resto de las peregrinas y accedió por la puerta Este, la Puerta de las Mujeres, mientras las columnas masculinas se fraccionaban entre la Puerta de Gabriel y la Puerta de la Piedad. Se mantuvo silente, orando junto al resto de sus pares, rogándole a Alá y al Ayatolá por una tarde eterna en la que no tuviese que enfrentar las consecuencias de sus actos.

Una vez terminadas las oraciones, salió junto al tumultuoso peregrinaje que de a poco comenzaba a dispersarse. La mayoría buscaban el cobijo de sus maridos. Otras se agrupaban de a tres o cuatro y salían por el marco de entrada. Abandonada por la muchedumbre, recaló en los halos de sudor que oscurecían su ropaje bajo las axilas. El pánico le estrujó el pecho, temiendo que aquella nimiedad la expusiese; bien sabía que los Custodios prestaban atención a tales insignificancias, en especial con mujeres en su condición. Era frecuente encontrar jóvenes escapando de los abusos de mentores o concubinos, dado que las leyes otorgaban privilegios a los hombres en su trato con el género femenino.

Los efectivos no necesitarían identificarla de inmediato y solo bastaría que la supusiesen huyendo para llevarla detenida. Ayyan se alejó del patio principal y se cobijó junto a uno de muros con la palma extendida, fingiendo mendigar. Aquella era una de las pocas tareas que una mujer podía realizar por cuenta propia, siempre y cuando su cónyuge lo autorizase.

Como si su conjetura hubiese sido el prefacio de un destino ya escrito, dos Comisionados emergieron de la nada y se apostaron frente a ella, inquiriéndola sobre la naturaleza de sus asuntos. En un rapto de ingenio del que ignoraba ser capaz, les contestó en un dialecto similar al farsi, pero menos fonético, habitual de los inmigrantes de las tribus recluidas del norte, que en ocasiones viajaban a las grandes ciudades en búsqueda de trabajo. De entre la docena de lenguas que hablaba con fluidez, escogió la más cruda y críptica. Padre la había obligado desde temprana edad a aprender idiomas, a modo de apreciar la diversidad en las distintas escuelas de estudio del islam.

Los Comisionados se miraban incrédulos, entendiendo trozos y partes del lamento en el cual Ayyan maldecía la suerte de su familia ficticia, que le había dejado por única opción rogar por la caridad ajena. La estudiaron con atención, pero la vestimenta que usaba les impedía estimar su edad u otro detalle de procedencia, y la monserga colmada de penurias imaginarias había comenzado a agotarles la paciencia. Al fin, fastidiados, la escoltaron hasta la salida y la empujaron fuera, acorde con las ordenanzas públicas.

Se alejó con paso lento, refunfuñando ininteligibles expresiones de congoja. Sorprendida pero orgullosa, apenas podía creer lo que había atinado hacer. El miedo en el estómago al enfrentarse a aquellos individuos troncó de pronto en una virulencia incontenible, la pura y simple convicción de no entregarse sin presentar pelea.

No había caso, era hija de Padre.

La breve aparición de la figura de su progenitor entre sus pensamientos la incomodó. Por esta hora, ya debían estar preguntándose sobre su paradero. Todos excepto Abuela, claro. Ella sabría. Aquel odio disfrazado de severidad la alertaría de su decisión. Quizás esto fuese lo que estaba buscando desde un comienzo.

Una mujer huyendo a la carrera pasó frente a ella y la arrancó de sus cavilaciones. Ayyan debió agacharse para evitar la trayectoria de las piedras destinadas a la fugitiva, que no podía ganarle distancia a la muchedumbre persiguiéndola y se tropezaba repetidas veces con su propio niqab. La turba pasó de largo hasta irse perdiendo paulatinamente calle abajo, mientras por entre la mezcolanza de voces se distinguían los epítetos que clarificaban los motivos de la cacería, tales como "prostituta" o "infiel".

Igual que si hubiese pasado una comparsa de trovadores enajenados, la calle resumió sus tareas de costumbre una vez vuelta la calma, indiferente al evento salvo por algunos vendedores que debieron retirar las piedras erradas de los costales de fruta abiertos.

VI

El azar dictó que eligiese aquel domicilio por entre otros iguales, con las residencias a los lados y un yermo jardín en el centro. La noche continuaba avanzando sobre la ciudad sin luz, pero el incipiente halo lunar y la fosforescencia del crepúsculo delataban cada movimiento con su influencia, serpenteando sombras troqueladas en diferentes direcciones sobre cada objeto. Presa de la inquietud y los funestos augurios buscó amparo en el interior del edificio.

La edificación consistía en dos plantas con las moradas enfrentadas, circundando un parque con césped moribundo y sin flores. En cada ángulo se emplazaba una rústica escalera de caracol que accedía al piso superior, en cuyo barandal se tendían las sogas en las que se secaba la ropa húmeda. Ayyan se acurrucó sobre uno de los escalones y descansó en silencio por unos instantes, inadvertida de la somnolencia que la adormecía en posición fetal.

La tarde había pasado para cuando volvió en sí. El hombre intentando sortearla debió menearla con rigor para conseguir que se despabilara. Ayyan se incorporó de un salto brusco y se movió a un lado sin pronunciar palabra, atorada por el estupor congestionándole los pensamientos. Quiso repetir la artimaña del farsi, pero la lengua entumecida rehusaba responderle.

Una vez libre el camino, el sujeto fue subiendo la escalera sin apremio, montándose a cuestas una inmensa bolsa cargada de comida. Indiferente pasó de largo y alcanzó el siguiente piso, donde tres mujeres de edades dispares aguardaban por él, sin dejar de observar con curiosidad a la joven del burqa. Lo recibieron con devoción y todos juntos se introdujeron en uno de los apartamentos.

Ayyan, alerta de su precaria situación una vez más, buscó la calle decidida a encontrar a alguno de los antiguos aliados de su padre, esperando que alguien le facilitase una montura para volver al hogar. Había asumido la derrota, y prefería las penurias a las que sería sometida por Abuela frente a la situación actual.

Recorrió una parte del camino de vuelta a la Mezquita del Profeta, esperando encontrar algún callejón que le permitiese rodear la plazoleta. Incapaz de hallar una ruta alternativa, se resignó y aceleró pasando entre la multitud de mercaderes retirándose de sus puestos por el día. Si bien el Ayatolá limpiaba los cielos y la claridad de la luna iluminaba los alrededores de manera efectiva, comerciar se volvía quimérico y la mayoría de ellos criticaban en voz baja la absurda prohibición impuesta a encender fuegos, incluso modestos. Sin embargo, los apologistas replicaban en defensa de la medida, argumentando que, si el Altísimo hubiese querido luz durante las noches, hubiese creado días perpetuos.

Se hallaba tan inmersa en sus asuntos que no cayó en la cuenta de lo que sucedía en el centro del parque, hasta que la congestión de personas presenciando el suceso le imposibilitó el paso.

La mujer que escapaba de la turba durante la tarde había sido capturada y se encontraba en el centro del gentío, sepultada hasta el pecho en un hoyo cavado en el suelo, con la cabellera desnuda y el rostro ensangrentado. El niqab sobre los hombros estaba deshilachado por los repetidos golpes del látigo, y los cascajos y piedras desperdigados a su lado evidenciaban el apedreo previo. Los perros que vagabundeaban en las cercanías observaban los acontecimientos a la distancia, interesados al olisquear la arena embadurnada de sangre.

Los testigos que la legislación Sharia al Islamiya exigía para un veredicto de culpabilidad se hallaban presentes a unos metros de la mujer. El marido de la acusada, en el extremo opuesto, alternaba la mirada entre el clérigo a cargo del enjuiciamiento y su futuro suegro presenciando el espectáculo, quien aferraba la mano de una chiquilla con apenas edad suficiente para ejercer como cónyuge. El hombre santo imploraba al cielo con histriónico malabarismo, reclamando por una sentencia proveniente del mismo Jana, desde donde el Ayatolá impartían justicia para la creación.

Las sucesivas ráfagas eléctricas que emergieron del cielo enmudecieron al Mula, y la conglomeración retrocedió a medida que impactaban sobre la acusada. Los subsecuentes gritos de dolor fueron opacados por los clamores, que no encontraban diferencia entre los golpes celestiales y la aspereza del látigo, salvo su legítima e incuestionable autoridad.

Ayyan escapó corriendo de la plazoleta en dirección a la escalera de caracol, el último lugar que recordaba seguro.

ERA DE DIOS.

Ω

El Ayatolá sostuvo el rayo eléctrico entre el anular y el índice, en el mismo brazo en el que cargaba Los Restos Sagrados. El cráneo bovino, ausente de quijada, reposaba con comodidad sobre sus nudillos, como si se hubiese moldeado para tal posición. La columna vertebral que partía desde la nuca se enrollaba alrededor del brazo extendido con similar holgura, sujetando el Santo Esqueleto, la última forma física del Creador antes de morir, a su persona.

El líder religioso mantuvo su puño en alto, conteniendo al reverberarte voltaje en un emblemático ejercicio de voluntad. Deseó desvanecerlo, convencido de que el castigo había sido suficiente. Entonces la Llama Divina, ardiendo entre las aspas del toro, refulgió con un instante de intensidad, y el rayo se desvaneció.

El Ayatolá dio la vuelta y se encaminó hacia la escalera en el extremo contrario de la plataforma. Subió pacientemente uno a uno los escalones, disfrutando del ejercicio innecesario, utilizando el interludio para meditar su siguiente acto.

La forma en que el septuagenario había adquirido el Cadáver de Alá el Todopoderoso era un misterio, incluso para sus más leales partidarios. Casi todas las especulaciones contenían vestigios de la verdad, pero ninguna contaba la historia completa. Por su parte, el Ayatolá solía afirmar con orgullo que fue el mismo arcángel Jibreel quien se lo entregó, por considerarlo el mejor calificado entre todos los otros líderes religiosos de la historia. Muchos dudaban sobre la veracidad de la versión, pero nunca en voz alta.

El panorama que se extendía a su espalda, por debajo del mirador de la Ciudad Celestial, era soberbio. El mundo a sus plantas se extendía como una dócil sabana extendida, circular y plana, con sus previsibles irregularidades montañosas. Al comienzo de su reinado había decidido transformar el mundo acorde a las escrituras, despojando al planeta de su herética esfericidad, y aplacando cualquier duda sobre la naturaleza incuestionable de su voluntad.

Desde entonces solo dos bloques geográficos conformaba la totalidad de la superficie terrestre. El purgatorio musulmán era el que se distinguía con mayor claridad, sin la congestionada nubosidad que atestaba el firmamento del continente vecino, la tierra de los condenados. La extensión de la morada de los fieles incluía al antiguo Oriente Medio, la vieja Europa y la mayoría de Asia, además de la totalidad del continente africano.

La zona infernal, el Jahannam, agrupaba el resto de las viejas masas continentales, aglutinado en el extremo opuesto. El breve mar Atlántico que separa ambos ámbitos desembocaba a su vez en un extenso océano que lo circunda todo. A su vez, dichas aguas lindaban con la base de un inmenso domo transparente, que como la cúpula de una catedral atrapaba todo bajo su dominio. Y en su punta se localizaba el Yannah, desde donde su excelencia impartía sus designios.

También conocida por el nombre de Ciudad Sagrada, era considerada la capital cultural del III Califato, de una extensión y distribución similar al Estado Vaticano en la Era de Hombre, pero de arquitectura rupestre y sencilla. Sus habitantes consistían en un selecto grupo de seres humanos, en compañía de los Ángeles, Arcángeles y un centenar de otras criaturas míticas originarias de la ciudad. Era también donde residían la jerarquía militar y la guardia de choque del imperio, los llamados 'Corderos del Ocaso'.

La ciudadela se empinaba en la punta de una ancha torre, dividida en 72 elevaciones de cuarenta y cuatro kilómetros de extensión horizontal, comprendiendo la distancia entre el pináculo del arco y el fondo del océano debajo, cerca de la isla deshabitada de Tristán da Cunha. Hay quienes afirmaban que los niveles más bajos se hundían en el fundamento oceánico y atravesaban el magma mismo, pero pocos dan crédito al rumor. Se erguía por sobre el mar Atlántico como una aguja colosal, sobresaliendo del domo hasta terminar en la ciudad en su cabecera, protegida a su vez por una cúpula de menor diámetro, por encima de la estratósfera y adentrada en la solitud del espacio sideral.

A medida en que el Ayatolá subía por la escalera, se podía advertir que sucedía en el interior de algunos de los pisos que componían la majestuosa estructura a su lado; las paradisiacas planicies del doceavo nivel, con sus innumerables harems de inmaculadas vírgenes y aromáticos vinos, provenientes de los viñedos once pisos por debajo; las Cascadas Invertidas en el octavo y los Árboles de la Vida originales en el tercero, que habían atesorado por milenios los remanentes mortales y memorias de cada ser humano a través de la historia, permitiéndole al Soberano resucitarlos durante Al-Qiyamah, el primer Día de Resurrección, doscientos ochenta y ocho años atrás.

Martín Luther y los demás miembros del Cortejo de Conversos lo recibieron al alcanzar el descanso, con novedades sobre el frente de batalla. La yihad sobre la galaxia avanzaba según lo programado, le informaron. Al Ayatolá solo le bastó desear verlo para que la imagen del desarrollo del al-anfal, en las manos de Azrael sosteniendo las cabezas decapitadas de las infieles formas de vida poblando otros planetas, apareciese frente a él.

Luther, de rodillas frente a su amo, no se atrevió a levantar el rostro del suelo al comunicarle las noticias. La belleza de su poder y el miedo que le inspiraba no merecían menor rendición.

Federico Rodríguez